FABBRI
EDITORI

Eleonora Gaggero

L'ultimo respiro

FABBRI
EDITORI

Pubblicato per

FABBRI EDITORI

da Mondadori Libri S.p.A.

978-88-915-8199-0

Prima edizione: maggio 2019

L'ultimo respiro

I hope I'll see you tomorrow

LA FINE

La fronte madida di sudore.
Le gambe che stanno per cedere.
Il fiatone.
La gola arida.
Il cuore che batte all'impazzata.
Le labbra secche.

Le mie mani. Le mani che hanno tenuto quelle di lui con sicurezza ora tremano mentre impugnano una pistola.
La pistola.
Le nocche sono bianche da quanto è stretta la presa.

Bang!

Vorrei urlare, ma il fiato mi si è spezzato in gola.

Il rinculo è stato talmente forte che ho rischiato di slogarmi la spalla. Ma, ormai, non ha più importanza.

Sento che sto per svenire. Per crollare.
L'adrenalina sta abbandonando il mio corpo.

Chiudo gli occhi.
Qualcuno pronuncia il mio nome, non so a chi appartenga questa voce… mi ricorda quella di mia madre.
Lei non dovrebbe essere qui.
Io non dovrei essere qui.

Io, Cass Harris, ho appena sparato all'amore della mia vita.

L'INIZIO

1

Cass

Driiin.

Che tu sia benedetto, timer! E anche la seconda sessione di addominali è andata.

Fortuna che per oggi ho finito. Mi rimetto in piedi e… accidenti, non mi sento più i muscoli. Qui ci vuole un attimo di relax. Bevo un lungo sorso dalla bottiglia, chiudo gli occhi e mi godo la sensazione dell'acqua fresca che scende nella gola. Socchiudo gli occhi e mi vedo riflessa nello specchio di fianco al ring, viso arrossato e fronte sudata…

Mi siedo e controllo l'ora: ho tutto il tempo di tornare a casa e mettermi a studiare un altro po'.

«Harris, che ci fai lì a poltrire? Il sacco è laggiù che ti aspetta.»

Mark non mi dà un attimo di tregua.

È il proprietario della palestra, ma soprattutto per me è come un secondo padre. Ho passato tutti i pomeriggi della mia infanzia qui dentro, da che mi ricordo. Ai miei genitori faceva comodo avere un posto dove lasciarmi mentre si concentravano sulle loro carriere. Un posto sicuro – Mark è un caro amico di famiglia – dove potessi anche respirare un sano spirito agonistico. Pratico la boxe da quando avevo dieci anni.

La prima volta che varcai la porta della palestra stringevo la mano della mamma fortissimo, e mi ricordo che sorrisi vedendo tutti quegli uomini saltellare e dare pugni, mi sembrava un movimento davvero ridicolo… Come se si trovassero su un pavimento incandescente e non riuscissero ad appoggiare i piedi al suolo. In fondo alla sala c'era un omone enorme, sudatissimo e pieno di tatuaggi su tutto il corpo, persino sulla testa completamente calva; sdraiato su una panca alzava dei pesi immensi e lanciava strane urla struggenti ogni volta che stendeva le braccia in alto, allontanandoli dal petto. Avevo pensato che nemmeno Braccio di Ferro e Bruto insieme avrebbero potuto avere la meglio su di lui.

Quel giorno Mark ci venne incontro sorridendo e abbracciò forte mio papà dandogli delle pacche sulla schiena. Poi prese la mano destra di mia mamma e accennò un bacio sfuggente sul dorso.

E infine guardò me.

«Cass, come sei cresciuta! In un anno hai guadagnato parecchi centimetri!»

Mi squadrò da capo a piedi, osservando con attenzione quella bimba con i capelli neri a caschetto – indossavo una gonnellina che scopriva due gambine ossute, lunghe lunghe – e inarcò un sopracciglio.

«Certo, sei proprio gracilina…»

«Ma io tiro pugni forti!» esclamai.

«Sì, tesoro, ma ci vorrà qualche annetto prima che tu possa darli a qualcuno» mi disse sorridendo.

Mark ha creduto in me, mi ha insegnato molto più che tecniche e regole sportive, proteggendomi da chiunque provasse ad avvicinarsi con strane idee in testa. Lui c'era ogni volta che sentivo gli occhi dei ragazzi su di me e un commento a mezza bocca sul fatto che fossi "un bel bocconcino". Durante ogni allenamento o incontro, ho sempre avvertito il suo sguardo paterno e benevolo.

Ormai ha cinquant'anni, anche se sembra decisamente più giovane. Ha i capelli ricci, castani con qualche filo bianco, e una barba ben curata. Le poche donne che frequentano la palestra sono tutte invaghite di lui, del modo elegante in cui le tratta, ma allo stesso tempo severo e deciso.

Ma lui le tiene sempre al di là di quel sottile confine che potrebbe portarle a sperare in qualcosa di più… Non si è mai sposato, e d'altronde non avrebbe neppure il tempo di farlo, dato che è sempre chiuso qui dentro.

«Sto prendendo fiato, coach» sbuffo.

«Domani sali sul ring, che ne pensi?»

«Non so se sono pronta. Sono stata tre mesi senza allenarmi.»

«Be', domani lo scopriremo.» Mi dà una pacca sulla spalla e sparisce, lasciandomi da sola con i miei pensieri. Con i miei timori.

Ci conosciamo da talmente tanto tempo che spesso le parole sono un optional per noi, ci diciamo tutto con uno sguardo. Con un gesto. La nostra è vera complicità.

Sospiro e mi dirigo verso gli spogliatoi, pronta a buttarmi sotto una doccia ghiacciata. Mi preparo pian piano a ritornare alla mia vita fuori di qui. Una vita fatta di amiche, compiti, famiglia… Ecco, famiglia: qualcosa di talmente assente da risultare in qualche modo ingombrante.

Passeggiare per le vie di Sacramento dopo l'allenamento mi regala uno sprazzo di luce, quella che il cielo di questo periodo, sempre un po' coperto, tende a nascondere.

È tre ore dopo, in una sera fredda in cui le insegne luminose al neon traballano per colpa del vento, che tutto ha inizio.

Sono china sulla scrivania a sottolineare con evidenziatori di colori diversi il libro di storia. Sfilo la matita da dietro l'orecchio e provo a concentrarmi. Devo riassumere questo stupido paragrafo, ma non c'è verso. Basta un niente perché la mia attenzione venga catturata da qualsiasi altra cosa. Tutto intorno a me complotta per distrarmi... il poster di Johnny Depp ai tempi del primo capitolo dei *Pirati dei Caraibi*, e quelli di Leonardo DiCaprio che tappezzano la parete sopra il letto. Che fatica, per convincere mia madre a lasciarmeli appendere! Sembrava un'impresa impossibile, ma alla fine l'avevo spuntata.

Il cellulare, appoggiato sopra il diario, inizia a vibrare. Sullo schermo compare il nome "April", sopra a una foto scattata in un'estate ormai lontana.

«Pronto?» rispondo.

«Cass! Non trovo Luke... Penso... mi abbia lasciata qui... sola.»

«April, non sento niente, ricomincia da capo. Ma dove sei? Non dirmi che sei ubriaca, ti prego.»

«... In un locale vicino alla tua palestra, non lo so... Cass, ho paura! Ti prego, vienimi a prendere!»

«Va bene, va bene. Ho capito quale. Dammi dieci minuti. Non muoverti da lì e soprattutto non fare cazzate. Arrivo.»

Poso il cellulare sulla scrivania e sospiro. Storia dovrà aspettare.

L'ultimo anno di *high school* è il più faticoso, devo impegnarmi nello studio più di quanto abbia mai fatto. Vorrà dire che recupererò domani.

Infilo velocemente i primi pantaloni che trovo, quelli di una tuta che di solito uso quando vado a correre, e sopra metto un top bianco.

Prima di uscire faccio una sosta veloce davanti allo specchio per mettermi un po' di mascara. Non vado pazza per il trucco: non ho né la pazienza né l'abilità necessarie per dedicarmi all'arte del make-up, ma provo comunque a darmi un tono, un tocco di eleganza.

Chissà, magari un giorno avrò un ragazzo che mi dirà quanto sono bella… allora forse varrà la pena passare ore in bagno a prepararmi per un appuntamento. Per il momento ne faccio volentieri a meno.

Non ho mai avuto un fidanzato. Uno vero, almeno. Certo, mi sono presa tante cotte, come tutte le ragazze del mondo, però io sto aspettando il vero amore, qualcuno che mi farà battere forte il cuore, come nei libri che leggevo da bambina; principi che attraversano regni e uccidono draghi pur di salvare la loro amata, tipi che all'apparenza sembrano duri e senza cuore ma che alla fine si rivelano per ciò che sono davvero: dolci e appassionati. Ma tutto ciò esiste anche nella vita reale? Ha davvero senso aspettare?

April mi prende sempre in giro per questo, dice che mi devo svegliare o quando lei avrà cinque figli e un marito al volante di una Porsche Cabriolet che la scarrozza ovunque io sarò ancora zitella e depressa.

Le Polaroid appiccicate ai bordi dello specchio non sembrano intenzionate a dare una risposta alle mie domande; in compenso mi ricordano i momenti più belli dell'estate, che ormai è un ricordo lontano.

Chissà che direbbe papà, se sapesse che sto per andare in un locale a quest'ora! Mi guardo un'ultima volta allo specchio e accenno una smorfia. Se papà fosse qui, mi avrebbe messo in punizione anche solo per aver chiesto di uscire.

Mi domando in quale parte del mondo si trovi. Di sicuro è in Europa... Spagna? Francia? Germania? Forse Italia. Lavora talmente tanto che a volte mi chiedo se ricordi ancora in che Paese siano la sua casa e la sua famiglia.

April mi manda un messaggio. Dice che è ancora viva, ma che è meglio se mi sbrigo.

Sorrido e prendo la giacca. Non perde mai il senso dell'umorismo, neanche quando perde tutto il suo controllo.

Infilo la borsa a tracolla e mi assicuro che contenga l'essenziale: portafoglio e chiavi di casa.

Mi affaccio nella stanza di mia madre, sento il suo respiro, decisamente più lento rispetto a quando corre da una parte all'altra della casa. Sta dormendo.

Ecco che esco nella notte fredda, un brivido mi percorre la schiena.

Aiden

«Un gin tonic, grazie» dico a voce alta alla cameriera che è arrivata al tavolo a prendere le ordinazioni.

La musica è assordante, il locale troppo affollato e il tasso alcolico dei presenti elevato.

Una serata come le altre, insomma.

Una bionda che ci prova con me da quando ho messo piede nel locale continua a toccarmi i tatuaggi sul braccio mentre sbatte le ciglia lunghe, palesemente finte, che le incorniciano gli occhi.

Vorrei dirle di smetterla di palpeggiare quei cazzo di tatuaggi, che tanto stanotte andrò comunque a letto con lei. Ma non si fa, devo essere carino, devo stare al gioco. Recitare la mia parte. Non avrei certo problemi a trovare altre ragazze: mi hanno sempre detto che con il mio sorriso furbo e la mia aria da ragazzino strafottente potrei avere tutte le donne che voglio. Ed è così. È sempre stato così.

«Allora, ti stavo dicendo che...» Appena la cameriera se ne va, Lucy riattacca a parlare di non so cosa. Ho smesso di ascoltarla secoli fa e non sono nemmeno sicuro che si chiami così. Forse il suo nome è Lily? Non ce la posso fare.

«Senti, scusa, vado fuori a fumare.» Va bene essere carini, ma questa tizia richiede una pazienza esagerata. E poi la conversazione non è mai stata il mio forte.

L'aria fresca mi sferza il viso, ricordandomi del nuovo tatuaggio che da pochi giorni marchia la mia pelle. *Heartbreaker*, impresso sulla tempia, inchiostro nero che spicca vicino all'attaccatura dei capelli.

Ho deciso di tatuarmi questa parola per mettere in chiaro le cose: troppa gente mi ha deluso, non ho più intenzione di aprirmi con nessuno. State alla larga. Sono una causa persa.

I ricordi di una vita passata, talmente distante che sembra quella di qualcun altro, riaffiorano all'improvviso. Le liti continue in famiglia, tutte le volte che sono stato cacciato da scuola, e lei... Millie. La ragazza che non sono riuscito a salvare.

È a lei che penso mentre metto una mano davanti alla bocca per coprire la sigaretta dal vento, nel tentativo di accenderla.

I suoi occhi grandi da cerbiatta, che mi hanno incantato e imprigionato fin da subito.

Le sue mani, delicate come una piuma che si posa dubbiosa ed esitante su di me, sull'asfalto.

Il suo collo, bianco come la neve, che ho riempito di baci. Non c'era centimetro della sua pelle che le mie labbra non avessero accarezzato.

Il solo pensiero di lei ancora oggi mi provoca una fitta al cuore.

Quella telefonata…

«Corri in ospedale, Aiden. Millie è…»

E poi… il buio.

Chiunque si avvicinerà a me pagherà il prezzo di ciò che è accaduto. Pagherà con la sofferenza la mia sofferenza. Nessuna persona è al sicuro, al mio fianco. Per questo preferisco evitare che la gente si avvicini troppo.

Scaccio i ricordi e mi concentro su ciò che mi circonda. Nel freddo vicoletto sul retro del locale dove mi trovo, solo la luce fioca proveniente da un lampione a una ventina di metri permette di distinguere scatoloni e sacchi dell'immondizia ammucchiati sul marciapiede, a ridosso dell'edificio. Attenderanno fino all'alba per essere portati via, smaltiti. Un po' come i disperati che bazzicano da queste parti.

Finita la sigaretta, butto il mozzicone per terra e torno dentro.

Cass

Il locale è pieno zeppo di persone che ballano, bevono, si baciano, si toccano, saltano a tempo di musica. Troppa confusione.

Mi guardo intorno, in cerca di April. Voglio solo trovare la mia amica e andare via.

Mi avvicino al bancone del bar per prendere una bottiglietta d'acqua e guadagnare un po' di tempo. So come funziona con April: avrà bisogno di smaltire tutto quello che ha bevuto. Il mio senso pratico mi ha salvato spesso in queste circostanze, soprattutto quando c'è di mezzo la mia migliore amica.

Sorrido al barista, che si sofferma più del necessario sulla scollatura del mio top e quasi si dimentica di chiedermi i documenti. Poi si ricompone e dice: «Carta d'identità, per favore».

Capisco cosa vuole solo perché è di fronte a me e posso leggergli le labbra. C'è un tale casino, qui dentro, che parlare è un'impresa impossibile.

Quindi gli urlo: «Voglio solo una bottiglietta d'acqua. La mia amica è ubriaca e...».

Il barista mi zittisce con un gesto della mano e mi mette l'acqua sotto il naso.

Mi volto verso il centro del locale, appoggio la schiena al bancone e inizio a passare in rassegna le facce che mi circondano, alla ricerca di una testa dai lunghi capelli fiammeggianti. Molti dei ragazzi presenti nel locale hanno la mia età, ma ce ne sono alcuni più grandi, sui trent'anni. Poi il mio sguardo si posa su un tipo seduto su uno sgabello a un tavolo vicino.

È chino in avanti e tiene le spalle curve; sembra annoiato o concentrato su qualcosa di molto distante da qui. All'improvviso raddrizza la schiena, fa un sorriso furbo e porta il bicchiere alle labbra. I tatuaggi che ha sul braccio guizzano, sembrano muoversi sulla pelle.

Nonostante la luce fioca del locale, non faccio fatica a notare i suoi occhi azzurri.

Una ragazza bionda e attraente lo raggiunge e si siede accanto a lui. Ecco a chi era rivolto quel sorriso. È alta, fisico perfetto, movimenti aggraziati e misurati.

Lui d'un tratto alza gli occhi al cielo, chiaramente scocciato. Lei non sembra dare troppo peso alla cosa, continua a chiacchierare, gli tocca una gamba, gli accarezza i capelli. Il ragazzo la guarda un istante, ma sembra del tutto perso nei suoi pensieri. Poi prende a fissare il fondo del suo bicchiere, come se dentro ci fosse un mondo che solo lui può vedere. Non la sta nemmeno ascoltando, questo è chiaro. Infatti poco dopo si scosta e si alza.

«Cass! Finalmente! È un quarto d'ora che ti cerco.» April mi distrae dalla penosa scenetta che sto osservando, riportandomi alla realtà.

«Sì, scusa. Ti ho preso l'acqua, tieni.»

«No, vabbè, ti odio!» April mi fissa, incrocia le braccia al petto e sospira.

«Che ho fatto?»

«È che sei bella anche con i pantaloni della tuta, la devi piantare! Non hai rispetto per chi passa ore e ore in bagno a prepararsi!»

Finge di mettere il muso e poi scoppia a ridere, abbracciandomi. So che scherza, ma so anche che, in fondo in fondo, un po' gelosa di me lo è per davvero.

Lo è sempre stata, fin da quando ci siamo conosciute a scuola. All'inizio proprio non mi sopportava, poi siamo diventate amiche e mi ha confessato di invidiarmi il fisico slanciato, un po' androgino, i capelli castani lisci e ordinati, gli occhi verdi e persino le lentiggini! Eppure April è una splendida ragazza dai capelli rosso fuoco e con gli occhi scuri, profondi. Non ha davvero niente da invidiare a nessuno, e ho perso il conto delle volte che gliel'ho ripetuto. La cosa di cui si lamenta più spesso è il suo misero metro e cinquantacinque, ma la sua particolarità sta proprio nell'essere così piccola ed energica. «Nella botte piccola c'è il vino buono!» le ricordo di continuo.

Anzi, a volte sono io a invidiarla. La sua spensieratezza, la sua capacità di attaccare bottone con tutti e stringere amicizie ovunque. Magari riuscissi a essere un po' come lei! Io mi sento a mio agio solo in palestra.

April apre la bottiglietta d'acqua e la finisce in tre lunghe sorsate.

Ha gli occhi lucidi, probabilmente ha pianto. Ma sono abituata a farle da baby-sitter.

«Aspettami qui, recupero la borsa al guardaroba e andiamo» mi dice, allungandomi la bottiglietta vuota e prendendo dal reggiseno il bigliettino rosso col numerino.

«Okay.»

Quando April se ne va, mi guardo intorno e noto che il ragazzo con i tatuaggi è di nuovo seduto al tavolo con la bionda.

I suoi occhi all'improvviso si posano su di me.

Mi volto di scatto per non sembrare una stalker e faccio finta di bere un sorso d'acqua, anche se la bottiglietta è palesemente vuota.

Pochi secondi dopo sento un profumo dolce, penetrante, proprio al mio fianco.

Un ragazzo alto, snello, con le braccia ricoperte di tatuaggi, si appoggia al bancone.

È lui.

«Gin tonic, grazie» ordina al barista.

La sua voce è roca e profonda. Ha un accento inglese molto marcato. A quanto pare non è di queste parti.

«Posso offrirti qualcosa?»

Oddio, sta parlando con me?

Alzo lo sguardo e i suoi occhi azzurri che mi fissano sembrano essere la risposta alla mia domanda silenziosa.

Accenna un sorriso malizioso che mette in evidenza una piccola fossetta sulla guancia sinistra. E un tatuaggio sulla tempia, che per colpa di un ciuffo ribelle di capelli che lo copre in parte non riesco a decifrare.

«Sto già bevendo» dico, «ma grazie.»

«Come vuoi» ribatte lui, alzando le spalle e trattenendo un sorriso. Poi guarda altrove.

Ha dei minuscoli fori sul sopracciglio e sul labbro. Devono essere segni di piercing che si è fatto quando era più giovane, da ragazzino.

Il barista gli porge un bicchiere con due cannucce nere. Il ragazzo dagli occhi azzurri e con un profumo che sa di pericolo e avventura ne toglie una e la butta sul bancone, infastidito, poi prende tra le labbra la cannuccia rimasta e in quattro sorsi finisce il drink.

Senza guardarmi, torna dalla bionda e la cinge con un braccio.

Okay, meglio che mi tolga di torno e vada a cercare April. Tipi come quello portano solo guai. E anche belli grossi.

Il dj mette una canzone in spagnolo che non ho mai sentito e la gente comincia a saltare e scalpitare, non solo in pista ma in tutto il locale.

Merda, April, adesso sono io che comincio a odiarti.

C'è troppo casino, qui. Ho bisogno di respirare.

Chiudo gli occhi e provo a calmarmi.

All'improvviso sento un tocco leggero sul collo. Sussulto,

ma quelle dita sottili e delicate annullano ogni mio tentativo di ribellione. Sono come in balìa di un incantesimo.

Qualcuno alle mie spalle mi scosta i capelli e con le labbra leggermente bagnate mi sfiora l'incavo del collo.

Un bacio dolce. Leggero.

Un brivido mi attraversa.

I battiti del mio cuore impazziscono.

Torno in me e mi giro di scatto per vedere chi è, ma non c'è nessuno.

Rimango lì ferma, con le gambe che tremano, senza sapere cosa fare.

Usciamo dal locale quando ormai sono le due e un quarto. Tengo April a braccetto, fatica persino a stare in piedi. Stasera si è messa i tacchi, quindi è più alta e più ingestibile del solito.

Per fortuna abitiamo nello stesso quartiere, se avessi dovuto accompagnarla dall'altra parte della città sarebbe stato un disastro. Non ci sono taxi, a quest'ora sono impegnati a scarrozzare i figli di papà nella parte *in* della città, dove oggi ha aperto un nuovo locale. Mentre camminiamo per le vie deserte controllo che dietro gli angoli e nei vicoli bui non si nasconda qualche maniaco pronto ad aggredirci. La strada è buia, molti lampioni non funzionano e vedo a malapena dove metto i piedi.

«Ma si può sapere che cos'è successo con Luke?» le chiedo.

Non c'è sbornia che tenga, mi deve delle spiegazioni.

«Non lo so proprio... Un minuto prima ero con lui a ballare e poi *puff*... è sparito. Forse mi ha detto dove andava, però non me lo ricordo. Comunque non è più tornato.»

«Ti ho già detto che non mi fido di quel ragazzo e sai che ci azzecco sempre. È il classico ricco e spaccone che se ne frega degli altri e pensa solo a se stesso.»

Il vento freddo mi fa rabbrividire e la frangia mi solletica gli occhi. La scosto di lato e prendo il cellulare per verificare che non ci siano chiamate di mia madre. Tutto tranquillo.

Quando arriviamo a casa di April, la aiuto a tirare fuori le chiavi dalla borsa e apro la porta. Per fortuna i suoi dormono e hanno il sonno pesante. Occuparsi di quattro figlie prosciuga le loro energie e alle nove di sera crollano. April è la prima, le altre sono ancora piccole: sette, cinque e due anni. Una bella fatica.

Saluto la mia amica con un abbraccio veloce e vado verso casa. Il pensiero del piumino caldo che mi attende mi strappa un piccolo sorriso.

Ho sempre un po' paura a girare da sola per le strade di Sacramento di notte, perciò quando scorgo in lontananza la luce familiare della veranda di casa tiro un sospiro di sollievo. Ho la sensazione costante che qualcuno nascosto nel buio mi osservi, anche se razionalmente so che è frutto della mia immaginazione.

Ma poi vedo ciò che mai mi sarei aspettata di vedere stanotte e il respiro mi si blocca in gola.

Nel vialetto di casa è parcheggiata una Chevrolet nera che conosco fin troppo bene.

Prima di infilare le chiavi nella serratura prendo un bel respiro. So già cosa mi aspetta. E, infatti, non mi sbaglio.

Entro in casa e mi siedo sulla poltrona vicino al camino, dove i miei genitori mi fanno la ramanzina fin da quando ero bambina. È incredibile come certe cose rimangano uguali nel tempo, anche se sono passati anni.

Sul divano, a pochi metri da me, mio padre sorseggia il suo

amaro italiano preferito da un bicchiere largo di cristallo. Ho una sorta di déjà-vu e nella mia mente riaffiora un episodio che speravo di aver rimosso dai miei ricordi per sempre.

«Papà! Andy mi ha chiesto se nel pomeriggio vado a casa sua per merenda.»

Con fatica mi arrampico sulla poltrona. Oggi il camino è spento.

Papà sta sorseggiando un liquido scuro dal suo bicchiere preferito. Non sa che l'altro giorno l'ho usato mentre giocavo a fare la regina insieme a April. Sta leggendo un enorme foglio di carta grigio. Mamma mi ha spiegato l'altro giorno che sopra c'è scritto tutto quello che succede nel mondo. Mi domando come faccia a starci tutto, lì dentro.

«Io non posso accompagnarti, chiedi a tua madre.»

Non mi ha ancora guardato in faccia una volta.

Mi metto in piedi sulla poltrona.

«Cass, siediti immediatamente.»

Obbedisco e gioco un po' con il mio pupazzo, il Signor Elefantino. «Mamma non può.»

Finalmente alza gli occhi dal foglio. «Allora vorrà dire che ci andrai un'altra volta.»

«Ma, papà, nessuna mia compagna mi aveva mai invitata a casa sua e...»

«Cass, niente storie. Ora torna in camera tua, chiedo a Josephine di prepararti un po' di pane con la crema al cioccolato. Va bene?»

Annuisco e scendo dalla poltrona.

L'unica cosa che spezza il silenzio è il rintocco dell'orologio, che ormai segna le tre di notte.

Mi sento in dovere di dimostrare a mio padre che non sono più una bambina, così mi faccio coraggio, incrocio le braccia e decido di essere la prima a parlare.

«Pensavo saresti tornato a casa il mese prossimo.»

Lui fa un mezzo sorriso, che mi ricorda vagamente quello del ragazzo al bar quando mi ha offerto il drink.

«E questo ti dà il diritto di tornare a casa all'alba? Non è da te, Cass, che cosa ti è successo?»

Mi prendo qualche secondo per osservarlo, prima di ribattere. La barba è ben curata come al solito, anche se sta diventando sempre più bianca. Anche i capelli sono più brizzolati e l'attaccatura si alza inesorabile, anno dopo anno. Gli occhi verdi, che ho sfacciatamente ereditato da lui, sono stanchi ma non arrabbiati. Le rughe che li circondano li renderebbero più amichevoli, se non fosse per il tono di voce severo che usa con me da quando sono nata. Lo stesso che riserva ai suoi dipendenti. Ogni tanto persino alla mamma. Quante volte li ho sentiti urlarsi contro di tutto dalla mia cameretta?

«Non ho più tredici anni, papà. Ho imparato a gestirmi abbastanza bene.»

«Ah, e a diciassette credi di saperne abbastanza della vita? Tu non sai com'è il mondo là fuori, Cass.»

Gli rivolgo un sorriso amaro mentre mi alzo. Non ne posso già più di queste accuse. Non solo non è mai stato presente, ma non si ricorda nemmeno quand'è il mio compleanno.

So cosa sta per dire, che non ci si alza nel bel mezzo di una conversazione. E poi aggiungerà che sono in punizione.

Ma stavolta lo precedo.

«Sono stanca, papà. Combatto tutti i giorni della mia vita, lo sai? Io e la mamma siamo sempre da sole. E tu cosa fai? Torni di notte senza nemmeno avvertire e l'unica cosa che sai fare è dettare ordini a tua figlia, che per una volta è uscita di sabato sera. Mi sono proprio rotta le palle!»

«Non usare questo linguaggio e questo tono con me, Cass!» I suoi occhi mandano lampi di rabbia.

«Be', cosa ti aspettavi da una che è cresciuta in una palestra tirando di boxe, eh, papà?» Mi volto ed esco dalla stanza con passo pesante. Poi mi fermo, perché ho ancora una cosa da dire. «E, per la cronaca, ho compiuto diciotto anni due settimane fa. Non che te ne importi qualcosa, ovviamente.»

Salgo in camera mia e chiudo la porta sbattendola.

Ma, anziché sentirmi forte, invincibile e soddisfatta, scoppio a piangere.

2

Cass

Sento gli uccellini che fischiettano la solita scaletta di canzoni fuori dalla finestra, è il segnale che il sole sta sorgendo. Ieri notte ho lasciato le tende aperte, quindi la stanza è in parte illuminata dal debole sole mattutino.

Da quando ho toccato il letto non sono riuscita a chiudere occhio. Ci ho provato, giuro, ma ho continuato a girarmi e rigirarmi fino a ora.

E adesso eccomi qui, avvolta in un bozzolo di coperte, a fissare il soffitto.

Ho talmente tante cose da studiare per la prossima settimana che il solo pensiero mi riempie di stanchezza. Sono stufa di passare la vita china sui libri e sono quasi certa che mi sia venuta una leggera scoliosi.

Infilo gli occhiali da vista, che uso solo quando sono a casa, e mi metto a sedere. Ci sono troppi pensieri che mi frullano per la testa, troppe emozioni, sensazioni… Prendo il cellulare e scorro le immagini della galleria. Non ho il coraggio di guardare alcune di quelle fotografie. Ma non ho nemmeno il coraggio di cancellarle.

Un respiro. Due respiri.

Quando riapro gli occhi mi accorgo, grazie ai miei incredibili occhiali da vista, che una piccola farfalla si è posata sull'armadio. La osservo. È immobile, forse consapevole del fatto che qualcuno sta ammirando la sua bellezza, la sua semplicità.

D'un tratto si alza in volo e… dove va a posarsi?

Sulla mia borsa da palestra.

Ma certo, perché non ci ho pensato prima?!

Salto giù dal letto e balzo in piedi con un'energia nuova. In meno di cinque minuti sono lavata e profumata. Infilo la tuta e mando un messaggio su WhatsApp a Mark per dirgli che sto arrivando. È la prima volta che vado ad allenarmi di mattina, quindi spero che lui non stia dormendo e che abbia già aperto la palestra.

Sgattaiolo fuori di casa senza far rumore ed esco; l'aria è ancora fresca, eppure mi viene da pensare alla spiaggia. L'inverno passerà presto, e con lui tutti i momenti opachi, ne sono certa.

Borsone in spalla, sciarpone e felpa con il cappuccio tirato su, mi incammino di buon passo. Lungo il tragitto, una leggera pioggerellina che picchietta sull'asfalto mi coglie di sorpresa. Delicata, ma letale per la sua freddezza.

Infilo le cuffiette nelle orecchie, ma non scelgo nessuna canzone perché la musica al mattino mi fa venire mal di testa. Così, però, le persone che incontrerò non mi rivolgeranno la parola. Voglio stare da sola con i miei pensieri, senza essere interrotta da nessuno.

Un autobus passa vicino al marciapiede e prende in pieno

una pozzanghera che mi schizza da capo a piedi, bagnandomi alla grande.

Tiro giù il cappuccio. Per fortuna i capelli si sono salvati. Ma il resto è un disastro.

«Merda, merda, merda!» esclamo.

«Senti, senti... È questo il linguaggio delle signorine di oggi? In effetti devo ammettere che con quel cappuccio sembravi più un ladro.»

Chi è? Dice a me?

Mi giro perplessa e ci metto qualche secondo a capire chi ho di fronte. A parlare è stato un tizio sui venticinque anni, che mi fissa con aria saccente e un sorrisetto sbilenco. Ha un'espressione così fastidiosa che gli tirerei un pugno nello stomaco. *Okay, Cass, stai tranquilla.* Ma la cosa peggiore forse non è neanche la sua faccia da schiaffi, che mi ricorda quella di DiCaprio in *The Wolf of Wall Street*, ma meno attraente, bensì il fatto che indossi un completo nero di sartoria e che alle sue spalle ci siano due energumeni enormi, altissimi, in smoking...

Ma che gente gira di domenica mattina? mi domando.

«Sempre meglio che andarsene in giro in tiro a quest'ora della mattina. E non sono io quella che indossa degli occhiali da sole» rispondo a tono al ragazzo, che porta un paio di Ray-Ban neri.

Una delle guardie del corpo fa per avvicinarsi a me, ma il ragazzo la ferma. «Calmo, Rob, calmo. Qui abbiamo a che fare con un osso duro.»

Le cose sono due: o è qualcuno di famoso, tipo un cantante o un attore, oppure è solo uno snob ricco del cavolo (e con ogni probabilità un criminale).

«Come ti chiami?» mi chiede. Non smette un secondo di sorridere in quel modo irritante.

«Non sono affari tuoi.» Lo incenerisco con lo sguardo, scuoto la testa e riprendo a camminare verso la mia destinazione.

Non vedo l'ora di colpire il sacco. Sento borbottare qualcosa dietro di me ma, quando mi giro per controllare che quei tizi non mi stiano seguendo, in mezzo alla via c'è solo un gatto nero che mi fissa con i suoi occhioni verdi.

Per fortuna non sono superstiziosa.

Quando scorgo l'insegna della palestra, tiro un sospiro di sollievo. Metto la mano sulla maniglia e prego che sia aperta. Mark non ha risposto al mio messaggio, non l'ha nemmeno visualizzato. Non vorrei proprio dover tornare a casa…

Si apre e ringrazio la mia buona stella.

Il calore di quella che considero la mia seconda casa mi avvolge con delicatezza. Sento il solito profumo di pelle misto a sudore che nel corso degli anni ho imparato ad amare.

Sorrido, ma mi blocco nel sentire un rumore che proviene dal fondo della palestra. Qualcuno si sta allenando nel mio angolo, nel posto dove solitamente mi piazzo per essere notata il meno possibile.

In punta di piedi, per non fare rumore, mi avvicino all'angolo, mi sporgo e… la mia bocca si spalanca per la sorpresa. Un ragazzo sta tirando una serie di pugni violenti e scoordinati al mio povero sacco.

Da quando mi alleno ho visto un mucchio di gente sfogare la propria rabbia sul ring o contro i sacchi della palestra. Ormai so capire se un uomo ha litigato con la moglie, se ha perso una scommessa, oppure se è semplicemente stanco della routine di tutti i giorni. E poi c'è la mia categoria preferita: quelli che piangono mentre boxano. Sul volto hanno un'espressione così disperata che sembra quasi di guardare un'opera d'arte.

E questo ragazzo sembra appartenere alla terza categoria.

È evidente che la sua mente è altrove, magari sta ricordando il passato, i giorni in cui la sua vita era bella e felice e per uno stupido errore tutto è andato a rotoli.

Lo osservo con più attenzione: è alto, snello, pieno di tatuaggi. Non riesco a vederlo in viso perché è girato di spalle, eppure è incredibile come i tatuaggi sembrino prendere vita ogni volta che assesta un colpo.

Non l'ho mai visto in palestra, questo è poco ma sicuro. Ma allora chi è? Conosco tutti, questa è casa mia. E dov'è Mark? Avrei dovuto aspettare il suo okay prima di venire qui a quest'ora. Forse è stata una pessima idea…

Se siamo soli e quello prova a farmi del male, finisco KO in cinque secondi, anche se sono allenata. È troppo incazzato. Io volevo solo sfogarmi un po'… Be', meglio che me ne vada, rifletto.

Mi giro e inciampo in un bastone di metallo. Un rumore assordante si diffonde per tutta la palestra.

Cavolo. Ecco, adesso sono nei guai, mi rimprovero. *Ma perché nessuno rimette mai le cose al loro posto?*

Mi chino per prendere la sbarra e mi rendo conto che i colpi al sacco sono cessati.

Merda.

Mi giro lentamente e… il ragazzo è proprio qui, a un centimetro da me.

«E tu chi cazzo sei?!» sbraita.

Lo riconosco subito e lui sembra riconoscere me nello stesso istante. I nostri volti sono pietrificati dallo stupore. È il tizio con gli occhi azzurri e i tatuaggi che mi ha offerto da bere ieri sera. Non ci posso credere.

Noto il tatuaggio sulla sua tempia, quello che non ero riuscita a vedere bene. *Heartbreaker.* Mi scappa quasi da ridere. È ridicolo!

Ha i capelli neri, più corti ai lati. La bocca è carnosa, ma l'armonia dei suoi tratti perfetti è interrotta dal tatuaggio di un uccello – un canarino o qualcosa di simile – sul lato sinistro del collo. Ne ha un altro uguale ma più piccolo sul dorso della mano destra, mentre sulla sinistra ha un teschio sbiadito. Deve esserselo fatto parecchio tempo fa.

Mi schiarisco la voce e incrocio le braccia. «No, scusa, chi sei *tu* e cosa ci fai nella *mia* palestra?»

Avanza di un passo, io indietreggio.

«Sei la figlia di Mark?»

«No.»

«Del suo socio?»

«Be', no, ma...»

«Allora ho diritto quanto te di stare qui. Permesso...»

Sto per ribattere ma lui si avvia agli spogliatoi, dandomi una spallata.

«Come sei entrato?» urlo per farmi sentire.

«Ho scassinato la porta.»

«Cosa?!»

Non lo vedo in faccia, dato che è già sparito nello spogliatoio, ma potrei giurare di averlo sentito ridere.

Tiro fuori il cellulare e scrivo un altro messaggio a Mark per chiedergli chi diavolo è questo tipo e perché è qui. Il tempo di premere *invia* e il mio incubo peggiore è già di ritorno.

Indossa un paio di jeans skinny neri. Tira fuori dalla tasca un pacchetto di sigarette mezzo vuoto e si incammina verso l'uscita.

«Non me ne offri una?» gli chiedo, senza sapere bene il perché.

Alza gli occhi al cielo e torna indietro. Mi porge il pacchetto.

«Grazie, non fumo» aggiungo con un sorrisino innocente.

Scuote la testa e sembra quasi che accenni un sorriso. Si mette la sigaretta tra le labbra, senza accenderla. Poi mi guarda, probabilmente in attesa che dica qualcosa. Se pensa che i suoi occhi di ghiaccio possano mettermi in soggezione, si sbaglia alla grande.

«Non vorrei mai essere i tuoi polmoni» dico, sfacciata.

«E io non vorrei mai essere la tua frangia. Scommetto che te la sei tagliata da sola.»

Mi ha preso in contropiede, lo ammetto. Non so come ribattere e comincio a pettinarmi i capelli con le dita, un gesto che faccio spesso quando sono nervosa. Meglio uscire subito, o la mia testa andrà in tilt.

«Devo ricordarmi di non tornare più a quest'ora del mattino, si fanno pessimi incontri» borbotto, mentre prendo il borsone da terra.

Lui mi squadra da capo a piedi. «Se sono così terribile, perché non te ne sei andata via subito? Nessuno ti ha obbligato a spiarmi di nascosto come una specie di stalker.»

«Punto primo, non ti stavo spiando. Punto secondo, io sono appena arrivata e tu hai finito, giusto? Quindi non sono io a dovermene andare. È stato un piacere e ora ti saluto.»

Gli porgo la mano, ma lui invece di stringerla la guarda e scoppia a ridere. Sarebbe anche una bella risata, se non fosse così dannatamente seccante.

Si infila la sigaretta dietro l'orecchio e con un sorriso fin troppo malizioso dice a voce bassa: «Aiden, piacere mio».

3

Aiden

Esco dalla palestra e infilo la giacca di pelle. Sorrido al pensiero dell'incontro che ho appena fatto.

Che ragazzina assurda. Anche se fa la scontrosa, mi basterebbe schioccare semplicemente le dita per averla ai miei piedi. Le donne sono tutte uguali: si atteggiano a superiori e indipendenti, ma in realtà tutto ciò che desiderano è un ragazzo un po' pericoloso che le metta al loro posto e mandi in fumo le loro sicurezze. Soprattutto a quell'età… l'adolescenza è tremenda per tutti.

Chissà se Luke è già sveglio, rifletto, ma ne dubito. Conosco troppo bene anche lui: dopo una nottata come quella di ieri starà ancora russando sotto le coperte. Luke è abituato alla vita comoda, a non dover rendere conto a nessuno di come passa le giornate. E le nottate. Eppure non riesco ad avercela con lui. Nemmeno per come si comporta, anche se non mi piace. Sarò sempre dalla sua parte, è il mio migliore amico. Anzi, di più, un fratello: ormai è l'unica famiglia che mi rimane.

Gli mando un messaggio per avvertirlo che sto andando da lui. Anche se non lo leggerà, almeno stavolta non potrà lamentarsi del fatto che gli piombo sempre a casa senza avvisarlo.

Mi incammino canticchiando la melodia di una canzone che ho in testa da un paio di giorni ma di cui non ricordo il titolo. La città è ancora deserta.

Sto per svoltare l'angolo fra il parcheggio della palestra e la strada quando sento delle voci provenire da dietro un cancello di ferro.

«Dovete scoprire chi è, dove abita, dove studia... insomma, tutto.»

Chi sono? E di chi staranno parlando? Sentiamo un po'...

Accendo una sigaretta e mi appoggio alla saracinesca del negozio accanto al cancello.

«Ma, Lauren, come facciamo a...»

A sentire quel nome mi vengono i brividi.

«Come mi hai chiamato? Per te sono "capo", Rob. Ricordatelo bene.»

«Chiedo scusa, capo. Ma non sappiamo niente di lei, è impossibile trovarla. Ci sono centinaia di migliaia di ragazze a Sacramento e...»

«Non mi interessano le altre. Io voglio trovare *lei*. E scommetto che non ci sono centinaia di migliaia di ragazze che si allenano la domenica mattina nella palestra qui dietro... Quindi avete già un bell'indizio da cui partire, no?»

Parlano della ragazza che ho appena incontrato. Possibile?

Mi sporgo verso il cancello con cautela, lentamente, per sbirciare al di là delle sbarre. Vedo due guardie del corpo palestrate e il classico figlio di papà vestito di tutto punto, con i capelli ingellati tirati indietro. Okay, il solito poppante viziato con due baby-sitter al seguito che gli puliscono il culo. Eppure... Non ci posso credere. Sembra proprio lui. *Lauren Abate*?

In quell'istante il ragazzo si gira e il suo sguardo incontra il mio.

Se questo è davvero Lauren Abate, è meglio levare il disturbo. Tiro su il cappuccio della felpa che ho sotto la giacca di pelle e riprendo a camminare.

«Ehi, tu!» Una delle guardie del corpo (Rob, a giudicare dalla voce) è uscita in strada e sta guardando nella mia direzione.

Mi stringo nella giacca, faccio finta di niente e continuo a camminare.

Parlavano davvero della ragazzina stramba della palestra? Forse dovrei avvertirla. Ma cosa potrei dirle? *Senti, bella, il figlio del boss della mala di Sacramento ti cerca?* Quella come minimo mi prende a calci. O chiama direttamente la polizia. No, devo farmi gli affari miei. Magari mi sbaglio. Magari non era lui. No, non è un problema mio.

Spero solo che sia meno pericoloso di suo padre.

Quando arrivo a casa di Luke ricordo a malapena la faccia della tipa con la frangetta. Sono già andato oltre. Suono il citofono e una volta spalancato il cancelletto d'ingresso percorro il familiare sentiero di ciottoli che conduce all'entrata della villa.

Ad accogliermi alla porta, come sempre, è Charles. Lavora per la famiglia di Luke come maggiordomo.

«Buongiorno, Aiden. Luke non è ancora uscito dalla sua stanza» mi informa.

«Non avevo dubbi, Charles. Vado a svegliarlo.»

Una rampa di scale, seconda porta a sinistra. Entro e, anche se la stanza è immersa nel buio, mi dirigo a colpo sicuro alla finestra. Apro le tende e mi butto a sedere sul letto di Luke, dandogli un pugno leggero sul fianco.

«Qualcuno si è divertito ieri sera, eh?» esclamo ridendo.

Per tutta risposta, Luke afferra il cuscino e me lo tira addosso, mancandomi di almeno mezzo metro. Poi si rintana sotto le coperte.

Per qualche secondo regna il silenzio, nessuna reazione. Mi passo le dita tra i capelli. Ci vorrà ben altro per svegliare il mio amico.

«Ti ho visto ballare con una rossa niente male. Magari la prossima volta assicurati che sia maggiorenne. Se proprio devo venire a trovarti in prigione, fa' che non sia per pedofilia.»

Finalmente, con un grugnito, Luke inizia a rigirarsi nel letto. Scosta le lenzuola dal viso e aspetta che gli occhi si abituino alla luce del giorno, facendo delle smorfie assurde.

Poi, con movimenti lenti e misurati, si mette a sedere e infine si alza, sistemandosi i pantaloni del pigiama. Va in bagno trascinando i piedi. Non è uno spettacolo edificante, devo ammetterlo, eppure con le donne ha sempre avuto successo. È alto e piuttosto slanciato, con un'aria fintamente trasandata, la barba lunga di due giorni e la voce bassa e roca. Gli voglio bene ma non posso definirlo un gentiluomo, anzi; è un bastardo di prima categoria a cui interessa solo divertirsi, ubriacarsi e stare su di giri in vari modi. Un fratello, insomma.

Suo padre è un uomo tutto d'un pezzo, penso di averlo visto sempre e solo in giacca e cravatta, con abiti che costano più della mia macchina. È l'amministratore delegato di una delle aziende più importanti di Sacramento, si è fatto da sé e non perde occasione per ricordarlo al figlio; non fa che ripetergli che lui nella vita non combinerà mai niente di buono. Penso che Luke spacci per non dovergli chiedere dei soldi: lo odia e non gli darebbe mai quella soddisfazione. Anche la madre è un bel personaggio, che passa le giornate al golf club di cui è socia, ma fa anche parte del comitato organizzativo.

«La rossa si chiama April, e so che è maggiorenne» bofonchia con lo spazzolino in bocca.

«Non mi interessa come si chiama. Per oggi, nonostante l'ora, ne ho già avuto abbastanza di drammi da adolescenti.»

«Che è successo?» mi chiede, affacciandosi mentre si asciuga la bocca.

«Lascia perdere. Fatti una doccia, puzzi come un maiale. Ti aspetto in salotto.»

Scendo al piano di sotto, di malumore. Ripensare alla tizia con la frangetta mi ha innervosito, anche se non saprei dire perché.

Mi tuffo sul divano di pelle extralarge del salotto e provo a rilassarmi. La casa è immersa in uno strano silenzio. Forse i genitori di Luke sono via per il weekend, e suo fratello sarà in biblioteca o in libreria, come sempre.

Mi sento inquieto, senza motivo. Dopo un po' vado alla finestra e scosto la tenda. Fuori sembra tutto tranquillo, eppure ho una strana sensazione, come di essere… osservato.

«Luke, allora, quanto ti ci vuole?» grido.

«Sono qui, cosa urli?» ribatte lui, entrando in salotto con le scarpe in una mano e un sacchetto di plastica nell'altra. «Perché hai tutta questa fretta, oggi? Devi andare da qualche parte?» Posa il sacchetto sul tavolo e inizia a tirare fuori il contenuto.

«No» dico. Guardo la bustina e le cartine argentate sul tavolo e chiedo: «Quanta ne hai venduta questa settimana?».

«Quasi tutta» risponde orgoglioso.

«Ne hai offerta un po' alla tua amica rossa?»

«No, era già ubriaca marcia. Ci mancava solo che fumasse e poi avrei dovuto portarla in ospedale.»

Luke si mette a scaldare un bel po' di hashish con l'accendino.

«Devi smetterla, Luke, rischi troppo.»

«Piantala, Aiden, e passami una cartina. Stamattina sei davvero acido... Qualcuno ti ha dato un calcio in culo in palestra?»

«In un certo senso...» devo ammettere.

Luke rolla la canna e la accende, aspira una profonda boccata e butta fuori il fumo. Me la porge, anche se sa benissimo che non fumo quella merda.

Lui alza le spalle, chiude gli occhi e fa un altro tiro. Poi si butta sul divano accanto a me. «Dobbiamo passare da April. Ha la casa libera e vuole fumare.»

«Perché non ci vai da solo? È la tua ragazza, non la mia. Noi ci vediamo dopo.»

«La mia *ragazza*, che parolona... Passiamo da April per una cosa veloce. Poi devo andare da un amico che stasera organizza una festa a cui parteciperanno un mucchio di mocciosi. Devi accompagnarmi, meglio essere in due. Venderemo un sacco di roba.»

«*Tu* venderai un sacco di roba. *Io* non voglio saperne nulla» metto in chiaro.

«Certo, amico. Tu mi accompagni e basta. E poi puoi dedicarti alle ragazze, sai la varietà... avrai l'imbarazzo della scelta. Ci saranno anche molte tipe del golf club, compresa la mora con due tette enormi che ti piaceva. Quella che se la faceva con un uomo sposato di trent'anni più grande di lei, hai presente? Cazzo, quella me la farei anche io, in effetti.»

Be', Luke sa quali tasti toccare, non c'è che dire.

Alzo le mani in segno di resa e lui sorride. Sa benissimo che, alla fine, l'ha sempre vinta lui.

«Allora prendo la giacca e andiamo» conclude, allacciandosi le scarpe.

Mentre Luke traffica nel guardaroba all'ingresso, io mi assicuro che porte e finestre siano ben chiuse. Non so bene perché lo faccio, forse dipende dalla brutta sensazione che ho avuto prima.

Luke prende la busta con il fumo e la sistema nella tasca interna del giaccone. Mi guarda e mi dà una pacca sulla spalla. «Andiamo a divertirci, amico.»

Cass

La voce del cantante dei Simple Plan rimbomba nella mia stanza.

Quando la mamma due anni fa mi ha regalato il giradischi, ho saltato di gioia per cinque giorni e ho subito iniziato a collezionare vinili, una raccolta a cui tengo molto. Sono un'amante delle cose "vecchie", o meglio vintage.

Sulla mensola di legno appesa alla parete arancione ci sono in bella vista due diversi modelli di Polaroid, un walkman, due walkie-talkie che non ho mai usato e, infine, la cosa a cui sono più affezionata: una cornice fatta da me in seconda elementare, decorata con della sabbia celeste e delle conchiglie. Contiene una foto a cui sono particolarmente legata.

I poster di Leonardo DiCaprio mi guardano sorridenti mentre finisco di stendere l'ultima passata di smalto rosa pallido sulle unghie. Poi, attenta a non rovinarlo, prendo la cornice dalla mensola. Il leggero strato di polvere che la ricopre mi ricorda che forse dovrei pulire più spesso la mia camera.

Mi siedo sul letto a gambe incrociate e con il mignolo sfioro i contorni della foto. Ci sono una bambina e un bambino di sette anni, che guardano l'obiettivo con un'espressione buffa. Lui ha le guance paffute, i capelli scuri, occhi grandi leggermente all'ingiù. Lei, invece, sta facendo una linguaccia e ha gli occhi verdi divertiti, appena socchiusi. I capelli sono talmente biondi che sembrano quasi bianchi.

«Tua nonna ancora non si capacita di come i tuoi capelli abbiano cambiato colore così radicalmente.»

Solo quando sento la voce di mia madre provenire dalla soglia mi accorgo che una lacrima mi sta rigando il volto. La asciugo velocemente (sempre facendo attenzione allo smalto) e stringo la cornice al petto.

«Tante cose cambiano anche senza che ce ne accorgiamo, mamma» dico. Sa che mi riferisco a Emmett.

Mia madre Eleonor è la persona più buona che abbia mai conosciuto. Tiene le mani dietro la schiena, indossa una gonna nera e una camicia bianca. I capelli sono sciolti, con delle leggere onde, quindi immagino li abbia tenuti legati in uno chignon fino a poco fa. Si veste elegante solo quando papà viene a trovarci, e il fatto che i capelli ora siano "disordinati" indica che se n'è già andato.

Come se mi avesse letto nel pensiero, si avvicina a me, scrutando la mia camera come se la vedesse per la prima volta. «È uscito pochi minuti fa.»

«Sospettavo.»

«Sei sempre stata troppo matura per la tua età, Cass...»

«A quanto pare, papà non la pensa così.»

«Sbagli. È proprio perché sa che sei un'adulta che ti tratta come tale.» Si china e mi accarezza il volto, poi si siede al mio fianco. Il letto cigola leggermente. «Prima di uscire, papà mi ha chiesto di darti questo.» Sposta la mano da dietro la schiena e vedo che nel palmo ha un pacchetto, quadrato e sottile. Me lo porge e fa per alzarsi. «Ah, e c'è anche questa» aggiunge mentre fruga nella tasca della gonna, da cui estrae una piccola busta ancora sigillata.

«Grazie, mamma.»

«Figurati. Dammi, la metto a posto io.» Prende con delicatezza la cornice e, dopo aver dato un bacio sulla fronte del bambino paffutello, la posa sulla mensola.

Una volta rimasta da sola, prendo il pacchetto e lo scarto con delicatezza.

È un vinile di Ed Sheeran.

Con gli occhi lucidi, apro la busta.

Dentro c'è un bigliettino, tre semplici parole scritte con cura:

Buon compleanno,
Papà

Sorrido e piango.

«Mamma, guarda come faccio la ruota!» Sorrido, mentre cerco in tutti i modi di richiamare l'attenzione della mamma, che è concentrata su qualcos'altro.

Sta giocando con Emmett, costruiscono un castello di sabbia.

Allora vado a sedermi di fianco a papà. Oggi è una giornata buona, è felice.

«Papà, vuoi vedere come faccio la ruota?»

«Va bene, Cass. Ma attenta a non farti male.» Si toglie i grandi occhiali neri che lo proteggono dal sole e mi guarda con un sorriso incoraggiante.

Ho fatto la ruota più bella che mi sia mai riuscita!

Ricordo quella giornata come una delle più belle della mia infanzia.

Allora, nulla si era ancora spezzato. Forse è stata l'ultima volta in cui ho visto mamma giocare e papà ridere per davvero.

Da quel giorno, non ho mai più fatto la ruota.

4

Cass

Non riesco a studiare.

L'immagine di quel tipo, Aiden, che dà pugni al sacco, riempie la mia testa. Che razza di presuntuoso... *Va bene, concentrati, Cass.*

Cosa devo preparare per domani?

Oh, cavolo! Il libro di biologia. L'ho prestato a April e domani mi serve!

Le mando un messaggio per chiederle se posso fare un salto da lei. Mi risponde di passare tra un'ora.

Nel frattempo, visto che non posso studiare biologia, prendo il laptop e comincio la relazione per il mese prossimo. Mi stufo quasi subito, quindi apro un'altra finestra e digito: "*Il Trono di Spade* streaming".

Mi stendo sul letto e guardo dieci minuti della puntata che avevo lasciato in sospeso, ma sento le palpebre pesanti e, per non addormentarmi, mi alzo e vado in cucina a prepararmi una bella tazza di caffè fumante.

Attenta a non farlo cadere per le scale, torno in camera. Indosso la tuta, lego i capelli in uno chignon, un gesto che ormai mi risulta automatico, e mi guardo allo specchio.

Davvero la mia frangia è tagliata così male?

Sono un disastro, ma tanto devo solo recuperare il libro, di sicuro non incontrerò nessun agente di moda per la strada.

Ripenso al mio sogno di quando ero bambina: diventare una modella. La passerella di Victoria's Secret dovrà attendere… per sempre. Ormai quell'obiettivo non mi riguarda più.

Ora il mio sogno è essere ammessa alla California University. Esco di casa con questo pensiero, bella energica dopo il caffè. Percorro la strada per arrivare da April in un baleno, quasi senza rendermene conto. Conosco a memoria ogni centimetro e angolo di questa via. Abbiamo passato così tanti pomeriggi insieme a studiare. Anzi, io studiavo gli appunti e lei studiava i profili dei ragazzi su Instagram…

Busso alla porta e aspetto qualche secondo… nulla.

Poi sento la sua voce imprecare, penso abbia appena sbattuto il piede contro qualcosa. Le capita spesso, è un po' goffa e il mignolo è il suo bersaglio preferito.

Quando finalmente la porta si apre, per un secondo mi chiedo se ho sbagliato casa.

April ha i capelli arruffati e gli occhi rossi, le pupille dilatate.

«Ehi, stai bene? Hai una faccia…» dico.

April mi prende per il polso e mi tira dentro. «Ti avevo detto un'ora!»

Spalanco gli occhi, sorpresa. In effetti sono arrivata in anticipo. «Scusa, non ricordavo fossi fissata con la puntualità.»

«I miei non ci sono. Andiamo di sotto. Ho anche sbattuto il mignolo contro quel cazzo di mobile.»

Come immaginavo.

April ha una specie di seconda casa nel seminterrato. Lo spazio è enorme ma decisamente umido: inutile provare a tenere il conto di tutte le zanzare che mi hanno massacrata nel corso degli anni. Senza contare che ho una pelle delicatissima, cosa che a quanto pare attira molto gli insetti. Comunque resta un posto figo, in cui abbiamo trascorso interi pomeriggi a ridere e rimpinzarci di cibo di ogni genere. Negli anni è diventato un piccolo appartamento tutto nostro. C'è il frigo, sempre pieno di bibite di tutti i tipi, un piccolo televisore e uno stereo che con il volume al massimo sembra poter far crollare tutta la casa. Sono ricordi che non dimenticherò mai, sono parte di me.

Prima di entrare, April mi blocca e mi fissa negli occhi, seria. «Cass, non devi dire a nessuno quello che vedrai. Mai e poi mai. Giuramelo.»

«D'accordo, lo giuro. A meno che non si tratti di un cadavere.»

April ridacchia e apre la porta.

Riconosco subito un odore familiare.

Sul divano rosso a L, nel posto che solitamente occupo io, è seduto un ragazzo.

Aiden?!

Non è possibile, questa è una fottuta cospirazione!

Sul tavolino davanti a lui c'è una confusione assurda. Lattine di birra, sigarette e...

«April, non mi dire che stavate fumando!» Sono sbalordita, per usare un eufemismo.

«Cass, per favore, non dire niente a nessuno» piagnucola lei, con un'espressione da bambina pentita.

Fisso Aiden, che mi restituisce uno sguardo senza espressione. I suoi occhi sono bellissimi, e in realtà lui non mi sembra sballato. Ma non posso proprio trattenermi.

«Tu?! Perché l'hai fatta fumare? E poi, si può sapere cosa ci fai qui?» inveisco.

«Ehi, datti una calmata, Claire...»

Di nuovo quello stupido sorriso da gran seduttore. Vorrei proprio prenderlo a schiaffi. Chi crede di incantare?

«*Cass!* Mi chiamo Cass» sibilo, più velenosa di una vipera.

«Ah, bene, sei tu la famosa Cass di cui April mi parla in continuazione. Io sono Luke.»

Non avevo notato che nella stanza ci fosse anche qualcun altro.

E così, eccolo qui. Colma la distanza che ci separa camminando, del tutto a suo agio, e tende una mano per stringere la mia. È più carino rispetto alle foto che mi ha mostrato April. Ha un'ombra di barba e gli occhi di un colore particolare, tra il verde e il marrone. I capelli corti perfettamente pettinati. Non ha tatuaggi visibili ed è vestito con un'eleganza tutta sua; come un piccolo lord, l'esatto opposto di Aiden.

«Finalmente, il famoso Luke. Piacere. Scusami, non mi ero accorta...»

«Tranquilla. Eri troppo presa dal mio amico, lo capisco. Lui fa sempre quest'effetto alle donne.»

Aiden, accigliato, lo fulmina con lo sguardo.

«Bene, ora che abbiamo fatto tutte le presentazioni del caso, possiamo darci una calmata?» Aiden ce l'ha con me. «E, per la cronaca, io non ho costretto proprio nessuno a fumare, sono solo di passaggio.» Mi lancia un'occhiata minacciosa, poi abbassa lo sguardo e si accende una sigaretta. Una semplice sigaretta. E si mette a guardare il cellulare, come se avesse deciso di interrompere di colpo le comunicazioni con noi.

Che tipo assurdo.

Sbuffo e mi siedo sul divano, il più lontano possibile da lui.

Vedo che sul tavolino c'è anche il mio prezioso libro di biologia. Lo prendo e lo stringo contro il petto.

April si sistema vicino a me, incerta. È inutile essere arrabbiata con lei, tanto fa sempre di testa sua.

«Come mai conosci Aiden?» mi chiede dopo qualche istante.

«Non lo conosco, per fortuna. L'ho solo incrociato stamattina nella mia palestra.»

«Nella *tua* palestra? Ancora con questa storia...» s'intromette lui, con un tono esasperato.

Allora stava solo fingendo di guardare il telefono!

«Certo, è casa mia. E tu non hai niente di meglio da fare che origliare le conversazioni altrui?» lo provoco.

«Va bene, va bene, calmi» April si mette in mezzo. «Allora... già che sei qui... senti qua. Stasera c'è una festa a casa di un amico di Luke. Perché non vieni anche tu, Cass?» propone.

Sapevo che aveva in mente qualcosa.

«Lo sai che le feste non sono il mio forte. E poi domani dobbiamo andare a scuola, mia madre non mi farebbe uscire nemmeno se la supplicassi in aramaico.»

Osservo Aiden, che nel frattempo ha acceso la tv e salta da un canale all'altro con noncuranza, come se fosse a casa sua. Mi chiedo che rapporto abbia con Mark, se si conoscano da anni o se sia semplicemente un cliente della palestra come tanti altri.

«Ma dài, è solo una festa! Sei al liceo, un po' di divertimento non ti farà male.»

«April, domani è lunedì, abbiamo una settimana di test che non finisce più. E poi chi organizza questa festa? Ci sarà solo gente che non conosciamo.»

«Be', ormai conosci noi, no?» Luke alza le spalle e ostenta un sorrisetto sarcastico.

Aiden ridacchia e ho la conferma che cercavo: finge di fare altro mentre invece ascolta ciò che diciamo.

«Okay. Comunque io devo studiare. E dovresti farlo anche tu, April.»

So che sto facendo la figura della secchiona guastafeste, ma questa situazione non mi piace. Non mi fido di Luke. Figuriamoci di Aiden.

«Per la cronaca, io ho già studiato tutto, sono a posto. E alla festa staremo insieme… Dài, ti prego, vieni! Fallo per il tuo libro di biologia! Sicuramente anche lui vorrebbe che te la spassassi un po'» conclude April, implorandomi con le mani giunte.

Mi torna in mente il volto di mio padre mentre beve il suo amaro, pronto a rimproverarmi.

«Non lo so… e come ci andiamo? Spero non con lui» dico, indicando Aiden con un cenno. «Da quello lì non mi farei scortare nemmeno fino alla porta di ingresso.»

Aiden si stiracchia con un'espressione divertita. «Oh, che peccato! E pensare che io morivo dalla voglia di passare del tempo con te!» ribatte con un tono così sarcastico che mi viene voglia di lanciargli il libro di biologia dritto in testa. Chissà, magari riuscirei a centrare il tatuaggio che ha sulla tempia.

Aiden si alza, prende la giacca di pelle che aveva appoggiato sul divano, fa cenno a Luke e insieme si avviano verso la porta.

«Ciao, ragazze. A dopo, April. Spero che sarai dei nostri, Cass.» Luke mi strizza l'occhio ed esce, seguendo Aiden che è già sulle scale.

April ricambia il saluto e soffia un bacio a Luke, mentre io rimango immobile.

«Allora, da quando in qua sei amica di Aiden?» le chiedo appena sento la porta d'ingresso chiudersi al piano di sopra.

«Non lo conosco bene, in realtà. Non è uno che esce tanto. So solo che lui e Luke sono molto legati. Comunque, ci vieni alla festa? Ti prego, ti prego! Non vorrai lasciare la tua migliore amica da sola con tutti quei ragazzi più grandi!»

«E va bene, vengo... ma solo perché non voglio che mi chiami di nuovo ubriaca e disperata. Almeno se sono lì posso controllarti» annuncio con il sorriso più dolce e sincero che mi riesce. «Non sarà poi così male, no?»

April fa un urletto di gioia e mi salta al collo, abbracciandomi.

«Andiamo su a prepararci la merenda, ho una fame pazzesca!»

«Ci credo, sarà fame chimica...» scherzo, mentre ci alziamo dal divano. «Comunque, dov'è la festa? Come ci arriviamo?» chiedo, cercando di sembrare a mio agio. In realtà la serata che ci aspetta un po' mi preoccupa. Avverto una strana ansia.

«È fuori città, nella villa di non so chi. È tipo la festa dell'anno... ci sarà un sacco di gente. Io vado in macchina con Luke e tu ovviamente vieni con noi. Ti passiamo a prendere.»

«Ma no, tranquilla, mi arrangio da sola.»

«Finiscila, facciamo come dico io» taglia corto April, mentre spalma la crema di nocciole su una fetta di pane. «Senti un po', invece, quell'Aiden ti piace, eh? Non provare a negarlo, ho visto come vi guardavate.»

«Ma sei scema? È solo un presuntuoso egocentrico che crede che il mondo giri intorno a lui. Il classico cliché che non mi attira per niente.»

April scoppia a ridere e mi passa la fetta di pane ricoperta di crema. «Be', hai appena descritto Luke. È presuntuoso, a volte, ed è sicuramente abituato a ottenere ciò che vuole, però ha qualcosa che mi attira. Ma dove sarà finito il burro d'arachidi?» April prende a rovistare nella credenza sopra il lavello, in punta di piedi. La canottiera le si sfila dai pantaloni, lasciando scoperto il fianco destro. Ha un tatuaggio minuscolo che si è fatta da sola l'anno scorso: una rondine che, secondo lei, rappresenta la libertà.

«Ti ha fatto male fare quel tatuaggio?» le domando.

«Mmm, come una serie di punture d'ape, direi.»

«Uhm, sembra allettante...»

April scoppia a ridere. «Non hai mai pensato di fartene uno?»

«Sì, una volta. Ma poi ho cambiato idea.»

«Certo che sei strana, Cass.»

Le stampo un bacio sulla guancia, metto il libro di biologia in borsa e do un morso al pane.

«Grazie per la chiacchierata... e per la merenda» dico masticando, mentre mi avvio verso la porta. «Non fumare più e fatti una doccia. Ah, per la cronaca: io prendo il bus stasera!» Non le do il tempo di rispondere, ma sono sicura che abbia alzato gli occhi al cielo.

Mi rituffo per le strade di Sacramento chiedendomi cosa mi sia passato per la testa... Perché ho accettato di andare alla festa? Con tutto quello che devo studiare... Ho sbagliato, avrei dovuto tenere duro e dire di no. E poi quell'Aiden mi sta veramente antipatico. Ma chi si crede di essere? Spero quasi che stasera abbia un contrattempo e che non venga. Ogni volta che me lo ritrovo davanti mi rovina l'umore.

Mentre cammino lungo la strada provo una sensazione strana. Non saprei definirla, ma è come se qualcuno mi stesse osservando. Mi fermo e guardo dietro di me. Non vedo nulla di strano. Riprendo a camminare, aumentando il passo.

Non starò andando in paranoia? Questa storia di Aiden, April che fuma, la scuola, la festa… ho la testa piena di confusione.

Persa nelle mie riflessioni, avverto uno sguardo puntato su di me. Alzo gli occhi e dall'altra parte del marciapiede vedo qualcuno di familiare. Ma sì, è uno degli energumeni di stamattina, quelli al servizio della brutta copia di Leonardo DiCaprio. Che cavolo di coincidenza, incontrare un tizio del genere due volte nello stesso giorno.

Continua a fissarmi anche quando lo supero, lasciandomelo alle spalle. Sulla faccia ha un ghigno che mi mette i brividi. Aumento ancora il passo e corro a casa.

Aiden

«Senti un po', ma come ti è venuto in mente di invitare alla festa quelle due tipe?»

Sono incazzato nero con Luke. Avrei evitato volentieri di farmi prendere in giro da una ragazzina isterica, e come se non bastasse me la ritroverò tra i piedi anche stasera. Non esiste.

«Dài, volevo stare qualche ora con April. Presentarla a tutti. È una ragazza divertente, di compagnia. Invitare anche la sua amica è stato un danno collaterale» ride. «E poi ha fatto tutto April, mica potevo dirle: "Lei no, grazie". Ti pare?»

Mi pare un corno.

Stiamo andando alla villa, Luke deve prendere accordi per la festa. Ha intenzione di piazzare parecchia roba. Motivo in più per tenere alla larga quelle liceali. Possibile che non ci pensi?

«Quanto sei preso da questa April, tra l'altro?» gli chiedo.

«Quanto basta. Sai che prendo le cose come vengono» taglia corto, alzando le spalle. «A proposito... E tu, invece? Cass ti piace, vero?»

«Cosa?! Quella piccola psicopatica? Sei proprio fuori strada, amico.»

«Be', lei è palesemente cotta di te, basta che fai un po' il carino e nel giro di qualche giorno te la porti a letto come niente fosse. Comunque è una che ti tiene testa, bisogna dargliene atto. E, siccome ti conosco, so che è una qualità che apprezzi nelle donne.» Luke inizia a darmi delle fastidiose, per quanto amichevoli, pacche sul braccio.

Ora ti sistemo io.

«Guarda, quella Cass mi piace talmente tanto che ho deciso di trovarmi compagnia, per stasera» dico.

«Stai scherzando?» mi chiede Luke, serio.

Prendo il cellulare e apro una chat di WhatsApp. Premo il tasto del microfono e dico: «Ehi, Lucy, come va? Stasera vado a una festa con degli amici, ci sarà un bel casino. Che ne dici, ci troviamo là? Porta chi vuoi. Fammi sapere, così ti mando l'indirizzo». Sollevo il dito dallo schermo e guardo Luke, soddisfatto.

La doppia spunta blu mi dice che Lucy ha ascoltato il vocale praticamente in diretta.

Sta scrivendo e, dopo pochi secondi, mostro a Luke l'emoticon con il pollice su che mi ha appena inviato.

E lui scoppia a ridere. «Sei un fottutissimo bastardo!»

5

Cass

Una volta a casa mi tranquillizzo, mi butto sotto la doccia e scaccio la strana sensazione di poco prima. Prendo il rasoio e mi depilo le gambe. Ora posso farmi venire il panico per la festa.

Ma, in fondo, che sarà mai? Un gruppo di persone che si divertono e ballano a tempo di musica. Niente di che. Faccio un respiro profondo e vedo tutto sotto un'altra luce. Starò giusto un paio d'ore, per far contenta April, e sarò di ritorno a casa in men che non si dica.

Esco dalla doccia, mi avvolgo nell'asciugamano e con un'energia nuova apro l'armadio per decidere cosa indossare.

È incredibile quanti vestiti anti-festa ci siano qui dentro. Forse è arrivata l'ora di fare un bel pomeriggio di shopping, magari con la mamma… le farebbe piacere. In quel gran caos di abiti inutili ne trovo uno nero abbastanza carino, ma arriva al ginocchio; bocciato, troppo lungo.

«Tesoro, esci stasera?»

Come se mi avesse letto nel pensiero, mia madre entra in camera.

«Sì, andiamo a una festa… ma non so cosa mettere.» Non provo nemmeno a chiederle se posso prendere qualcosa dal suo armadio, so già che mi direbbe di no. L'ultima volta che sono uscita con April per andare al pub, mi sono dovuta intrufolare in camera sua mentre dormiva per rubarle una gonna. «Infatti stavo pensando che dobbiamo andare assolutamente a fare shopping» aggiungo.

«Ma domani devi andare a scuola, te lo sei dimenticato?»

«Lo so. Non rimarrò a lungo, non ti preoccupare.»

«E quel vestito non ti sembra un po' corto?»

«Mamma, se fosse per te andrei in giro conciata come una suora. Stai tranquilla.»

«Va bene. Bussa alla mia porta quando rientri.»

«Sì, come sempre, mamma.»

«Mi faccio una doccia. Divertiti, allora. A casa entro mezzanotte, mi raccomando.»

Le mando un bacio e scruto di nuovo l'abito nero. «Amico mio, mi sa che sei la mia unica opzione!»

Sospiro e mi siedo sul letto nell'unico angolo rimasto libero dai vestiti. Che fatica, sarà una lunga serata!

Mi preparo senza troppa fretta e mentre passo il gloss sulle labbra, come ultimo tocco, il telefono vibra nella borsetta. Sullo schermo compare l'immagine di April con un gelato in mano, la foto che le ho scattato quell'estate. Prego con tutta me stessa che mi abbia chiamato per dirmi che la festa è saltata.

«Pronto. Che succede?»

«Cass, ti stiamo passando a prendere. Ho appena visto che

c'è uno sciopero dei bus e il taxi fino alla villa ti costerebbe una follia.»

«Ma...»

«Non provare a protestare ed esci tra venti secondi.»

Prima che possa ribattere, la mia amica ha già riattaccato.

Certo che April è sempre la solita... Di andare alla festa in macchina con quel Luke proprio non mi va. Non mi fido di lui. Speriamo solo che non abbia fumato prima di mettersi al volante.

Scendo le scale di corsa, la macchina mi sta aspettando con il motore acceso fuori dal cancelletto. Appena metto piede fuori casa, April grida il mio nome e sento che dai finestrini abbassati esce musica rap a tutto volume. Perfetto. L'ideale per non farsi notare.

Ho paura che tutto il vicinato stia chiamando il 911 a causa del rumore, o peggio che mia madre dalla doccia possa sentire questo casino e scendere a farmi una scenata davanti a tutti.

Grazie al cielo, non accade nulla. Li raggiungo alla svelta e resto a bocca aperta vedendo che Luke è sul sedile del passeggero. Alla guida c'è Aiden, che sta fumando una sigaretta con il finestrino abbassato.

April, sul sedile posteriore, mi apre la portiera. «Vieni, Cass, mettiti vicino a me!»

«Come avresti fatto senza di noi? Siamo proprio degli angeli, vero, Aiden?» esclama Luke facendomi l'occhiolino.

«Piantala, non tirarmi in mezzo» taglia corto Aiden.

Uh, mister Simpatia è di nuovo tra noi, penso. Ma mi risparmio la battuta, meglio non iniziare la serata con il piede sbagliato.

«Grazie del passaggio, anche se a dire il vero non ve l'ho chiesto» replico, fulminando con lo sguardo April.

Aiden, seduto davanti a me, non dice una parola. Appoggio le ginocchia contro il suo schienale per stare più comoda e con la mano cerco di allontanare il fumo della sigaretta. Certo che il mondo è pieno di menefreghisti.

«Claire, puoi togliere le tue ginocchia dalla mia schiena? Mi danno fastidio» si lamenta.

Sospiro. «Per l'ultima volta, mi chiamo Cass, non Claire.»

«Questo non cambia il fatto che devi togliere dal mio sedile le tue ginocchia.»

«E tu butta la sigaretta, mi arriva il fumo in faccia. Non ho niente in contrario se il fumo uccide te, ma io ci tengo ai miei polmoni» sbotto.

Lui non ribatte. Okay, forse ho esagerato. Ma questo tizio è davvero irritante. Per un istante però penso che voglia accontentarmi, dato che butta la sigaretta… per accenderne subito un'altra.

Sono proprio un'illusa.

April allenta la tensione mettendosi a cantare a squarciagola la canzone che passa alla radio e cerca di contagiarmi con la sua allegria, ma l'imbarazzo è tanto e per fortuna il tragitto non è poi così lungo. Avrei potuto prendere un taxi senza finire sul lastrico.

Non è difficile individuare la casa in cui si sta svolgendo la festa. Le macchine affollano entrambi i lati della strada e anche da fuori si vede che la villa è piena zeppa di gente. Il prato è affollato di ragazzi: universitari, a occhio e croce, con bicchieri e sigarette in mano.

Aiden parcheggia. Appena spegne il motore, scende e sbatte la portiera.

Com'è delicato…

Si accende l'ennesima sigaretta e si avvicina a Luke. Lo sento sussurrare: «Giuro che se quella mi rivolge la parola ancora una volta me ne vado».

«Aiden, non roviniamoci la serata, dài. Vai a divertirti. Non sei costretto a stare con loro, se non ti va.»

«Mi hai costretto tu a venire, sono qui solo per te.»

«Rilassati e piantala di lamentarti» taglia corto Luke. Gli dà una gomitata e poi raggiunge April, prendendola sottobraccio. Si incamminano insieme verso la casa, io mi sistemo il vestito e li seguo.

Aiden sparisce subito nei corridoi enormi e pieni di gente. Meglio così, se mi va bene non dovrò rivederlo per il resto della serata. April mi tiene per un mignolo, Luke ora guida la fila davanti a lei.

Raggiungiamo un gruppo di persone radunate in circolo. Alcune sono sedute su un divano, altre per terra. Purtroppo fra loro c'è anche Aiden, stravaccato su un bracciolo. Ha la sigaretta tra le labbra e guarda il cellulare. Per il resto, hanno tutti facce simpatiche e amichevoli. A parte una tizia al centro del divano che mi fissa in cagnesco. Ha i capelli biondi, lunghi e liscissimi. Probabilmente ha passato ore a piastrarli. Il trucco è impeccabile, mi ricorda un po' Barbie. Ha un neo sotto l'occhio che rende il suo sguardo particolare. Mi sembra di averla già vista da qualche parte, ma non ricordo dove. Quando facciamo il giro delle presentazioni scopro che si chiama Lucy. Mai sentita nominare...

Poco dopo, è proprio lei a prendere la parola. «Allora, Cass, a che facoltà ti vuoi iscrivere? Perché tu sei ancora alle superiori, giusto?» mi chiede, lanciando un'occhiata fugace a Aiden.

«Vorrei andare alla California University a studiare filosofia.»

Sento Aiden soffocare una risata.

Cass, ignoralo, fallo per il tuo bene.

«Oh, deve essere molto interessante. Vuoi qualcosa da bere?» mi chiede Lucy porgendomi una bottiglia di gin. Sa benissimo che non ho l'età per bere superalcolici.

«Grazie, sono a posto così. Anzi, se non vi dispiace faccio un giro fuori.»

April mi posa una mano sul braccio. «Vuoi che ti accompagni?»

«No, tranquilla, davvero.»

Mi dirigo verso la porta facendomi strada in quella miriade di persone.

Sapevo che non sarei dovuta venire. Per me non ha senso stare in un posto come questo; non è il mio ambiente e con questa gente non mi diverto, non sono a mio agio.

Mi siedo su un muretto di pietra, a lato di una veranda riscaldato da un paio di funghi da esterno. Qui sembra esserci meno gente. Dopo appena cinque minuti lì dentro mi sentivo già soffocare.

Tiro fuori il cellulare e scorro un po' Instagram. È vero che la nostra generazione è dipendente dai social, ma in questi casi è un'evasione necessaria.

«Ehi, ciao.»

Alzo la testa e vedo un ragazzo in piedi davanti a me. Nella mano destra ha un libro, mentre tiene l'altra in tasca. Faccio fatica a distinguere bene i suoi lineamenti al buio, ma sembra carino. E gentile.

«Che ci fai qui tutta sola? Le feste sono fatte per stare in mezzo alla gente…» dice, scuotendo il libro ironicamente.

«Disse quello con il libro di… André Aciman in mano» ribatto, sporgendomi per leggere l'autore.

«*Touché.* Mi chiamo Tim.» Si avvicina e mi tende la mano libera.

«Cass, piacere.»

È più alto di me ed è molto snello, per nulla muscoloso, e i suoi occhi sono chiari. Forse verdi.

Ha una camicia azzurra con le maniche arrotolate ai gomiti e il colletto slacciato. Una collanina d'oro, con il ciondolo di una croce. Non intravedo tatuaggi, e lo considero un buon segno.

Tim fa cenno al muretto. Annuisco, sorridendo, lui appoggia il libro e usa entrambe le mani per tirarsi su e mettersi a sedere. È così impacciato che fa tenerezza.

«Allora, Cass, direi che non sei una festaiola accanita.»

«Sei perspicace.»

«Quindi, cosa ci fai qui?»

«È quello che mi chiedo da quando sono arrivata» ammetto.

«Sei venuta da sola?»

«No, con un paio di amici.»

«Capisco... Vuoi che ti vada a prendere una birra?»

«No, grazie. La birra non mi fa impazzire.»

Tim ride e sulle guance gli compaiono due fossette tenerissime. Ha un sorriso dolce, la mascella definita, decisa. I suoi denti sono perfetti. Ha i capelli ricci, neri, più lunghi davanti e corti dietro. Assomiglia molto a qualcuno che conosco...

«Sei un parente di Luke, per caso?» gli chiedo.

«Se è il Luke che intendo io, sì. È il mio fratellastro. Stesso padre, madre diversa. Se fossimo nel *Trono di Spade* verrei definito il "fratello bastardo".»

Scoppio a ridere. «È una delle mie serie preferite» dico. Poi aggiungo: «E come mai non sei venuto alla festa con lui?».

«Perché sono il suo "fratellino". I tre anni che abbiamo di differenza sono troppi, a quanto pare. E comunque, non mi piacciono i tizi che frequenta.»

Oh, a chi lo dici...

«Quindi hai... diciannove anni?»

Tim annuisce, sorridendo.

«Un anno più di me.»

«Davvero? Sembri molto più grande.»

Il complimento mi lusinga, dato che ho sempre pensato che la frangia mi facesse apparire più giovane. Mi sta venendo voglia di conoscere meglio questo ragazzo un po' fuori dal coro: forse a questa festa c'è anche qualcuno di decente. A volte la vita ti sorprende con effetti speciali. Forse è solo una sensazione, eppure mi sembra di avere diverse cose in comune con lui.

«E che fai di bello, visto che hai finito le superiori?»

«Mio padre mi ha costretto a iscrivermi a giurisprudenza, e devo ancora farmene una ragione. Dopotutto, la mia è una famiglia di avvocati da generazioni e, visto che con Luke non c'è alcuna possibilità, puntano tutto su di me.»

«Ma...?» gli chiedo, incuriosita.

«Ma io vorrei fare l'attore.»

«Be', è fantastico!»

«Non dirlo con quel tono...»

«Quale tono?»

«Come se fossi un pazzo che sogna di volare.»

«No, mi hai fraintesa. Credo che tutti dovrebbero avere un sogno da inseguire.»

Tim mi fa cenno di aspettare un attimo, fruga nelle tasche dei suoi jeans e tira fuori il cellulare. È un modello vecchissimo, a conchiglia. Non pensavo li fabbricassero ancora. Qualcuno lo sta chiamando, ma non faccio in tempo a leggere il nome sul display.

Scende dal muretto, parla per due minuti al telefono e quando riattacca si rimette le mani in tasca, rivolgendomi uno sguardo leggermente imbarazzato. «I miei amici mi reclamano. Be', Cass, è stato un vero piacere conoscerti.»

Gli sorrido, lui ricambia e se ne va, lasciandomi di nuovo sola.

Mi sono appena resa conto che gli ultimi due giorni sono stati un vero e proprio cliché: Aiden, il ragazzo insopportabile con la giacca di pelle, una festa piena di universitari con cui non c'entro nulla… possibile che sia tutto sempre così scontato? Ma soprattutto, sarà mai possibile che un *bad boy* (come li chiamano nei romanzi) indossi un ciondolo con una croce?

Mi guardo intorno, sento il casino dei ragazzi all'interno, le urla e le risate. L'aria della sera è piacevole e mi lascio accarezzare. Dopo qualche istante, mi sento pronta a rientrare. Parlare con Tim ha migliorato il mio umore.

Trovo April sul divano di prima, solo che ora è seduta sulle gambe di Luke. Tim è decisamente più carino del suo fratellastro: ha i lineamenti più delicati e regolari, tanto da risultare quasi femminili, e soprattutto ha l'età giusta. Come sempre, la mia amica ha fatto la scelta sbagliata. Noto che Aiden non c'è più e che Lucy continua a guardarmi male.

«Ehi, Caaasss!» urla April agitando una mano per farsi vedere. Nell'altra ha una lattina di birra, come quasi tutti quelli attorno a lei. «Sei arrivata giusto in tempo, stavamo per giocare a ovvio o verità» biascica. Perfetto, è già ubriaca.

«Si chiama *obbligo* o verità, tesoro» la corregge Luke accarezzandole la nuca.

Ma non mi dire, che sorpresa. Il cliché continua…

«Dobbiamo proprio fare questo gioco da idioti?» si lamenta una ragazza con voce annoiata mentre si rolla una sigaretta di tabacco. Nessuno sembra considerarla, ma io sono completamente d'accordo con lei.

«Su, Cass, siediti qui sullo sgabello vicino a me.» April mi indica un posto libero e controvoglia la accontento. «Chi comincia?» chiede poi. Alzo gli occhi al cielo: sta facendo la figura della bambina che si ubriaca solo per compiacere i ragazzi più grandi.

Lucy tira indietro i lunghi capelli, scoprendo due spalle perfette, e con un sorriso spavaldo annuncia: «Giro io». Mi accorgo che ha una voce parecchio fastidiosa. Prima non lo avevo notato.

Posa la bottiglia di gin ormai vuota sul pavimento e la fa roteare… Quando si ferma, indica Luke.

«Allora, obbligo o verità?» chiede Lucy.

Lui si sistema sul divano, facendo spostare April sull'altra gamba per bilanciare il peso. «Verità.»

Lucy sorride. «Prevedibile. Allora… da quanto tempo scopi con questa ragazzina?» domanda, accennando con il mento a April.

«Non sono una ragazzina» si difende lei.

Luke le accarezza la spalla per tranquillizzarla. «Usciamo insieme da una decina di giorni, più o meno.»

Lucy finge uno sbadiglio. «Oh, wow, quindi è una cosa seria? Bene, sono già annoiata. Tocca a te.»

Luke sospira e fa girare la bottiglia.

Il gioco continua per un quarto d'ora senza che la bottiglia si fermi mai nella mia direzione, e succedono cose inverosimili. A Daniel, un ragazzo biondo seduto vicino a me, sui vent'anni, con gli occhiali da vista (il classico secchione che come minimo frequenta ingegneria aeronautica) viene chiesto di andare nella camera padronale, rubare un maglione dal cassetto, indossarlo per tutta la festa e portarselo a casa. A giudicare dal color porpora di cui si tinge il suo viso, collo compreso, è più che imbarazzato, ma obbedisce come un cane bastonato. Sale le scale tenendo gli occhi bassi e borbotta qualcosa. Probabilmente sta dicendo che nemmeno voleva venirci, a questa festa. Lo capisco. Una volta tornato tra noi con il maglione, con tanto di logo Armani stampato su un lato, sembra però più sicuro di sé e soddisfatto di aver superato quell'impresa. Direi che è addirittura orgoglioso, e immagino che ricorderà per tutta la vita quest'avventura. E poi accade l'inevitabile.

Tocca a me girare. Gli occhi di tutti sono puntati su di me. Sembra quasi che il gruppo che sta giocando si trovi in una realtà parallela, e che gli altri partecipanti alla festa siano in un'altra dimensione.

La bottiglia vortica sul pavimento e si ferma indicando Lucy.

«Quindi… obbligo o verità?» le domando.

«Obbligo» risponde lei, decisa.

Penso a qualcosa di divertente ma non troppo esagerato da farle fare…

Okay, ce l'ho.

«Bacia un ragazzo a caso tra i presenti.»

Lucy e la ragazza al suo fianco, credo si chiami Hanna, scoppiano a ridere.

«Wow, Cassidy. Non esagerare, mi raccomando» commenta Lucy scostandosi per l'ennesima volta i capelli.

Ma perché nessuno riesce a ricordarsi il mio nome? Non è così complicato...

Una voce mi distrae dai miei pensieri.

«Si chiama Cass, non Cassidy.»

Mi volto e faccio fatica a crederci, ma quelle parole sono uscite dalla bocca di Aiden. Non mi ero neppure accorta che fosse tornato nella stanza. Probabilmente è ubriaco.

Prende un lungo sorso dalla birra che tiene in mano e fissa Lucy, che si alza in piedi e gli si avvicina. Mentre la osservo, ho un flashback: al locale, la ragazza bionda che ci provava con lui... era proprio lei.

Per un istante sembrano guardarsi in cagnesco, ma quando i loro nasi si sfiorano lei accenna un sorriso. «Finalmente, eri sparito.» Lucy mi guarda con malizia, si gira di nuovo verso Aiden e lo bacia.

Che faccia pure, non mi fa né caldo né freddo.

Per un secondo Aiden è sorpreso, poi ricambia il bacio. Intanto Hanna, l'amica di Lucy, prende in mano l'iPhone e fa quella che ha tutta l'aria di un'Instagram Stories ai due ragazzi. Una volta terminato il bacio, Aiden si gira verso la fotocamera, fa una linguaccia e poi una V di vittoria con le dita come se fosse una rockstar. Partono degli applausi, a cui persino April si unisce, ridendo.

«Vado a prendere un'altra birra» annuncia Aiden, con il solito sorrisetto insopportabile.

Lucy torna al suo posto e con il mignolo si sistema i contorni del rossetto sbavato. Ora tocca di nuovo a lei girare.

Poco dopo, nonostante sia evidente che la bottiglia punti verso il ragazzo di fianco a me, lei esclama: «È il tuo turno, Cass! Perfetto! Allora... obbligo o verità?».

Bene. Vuole giocare? Ci sto.

«Obbligo» rispondo.

Non ci pensa nemmeno un secondo. Va diretta, come se aspettasse quel momento da tutta la serata. «Devi baciare Luke.»

«Cosa?!» strilliamo io e April all'unisono.

«Lucy, senti, non mi sembra il caso di...» prova a protestare Luke, ma lei non lo lascia finire.

«Le regole di questo gioco sono molto chiare a tutti. Anch'io ho baciato un ragazzo e ora Cass farà ciò che le ho detto. Altrimenti, penitenza.»

April mi guarda con un misto di confusione e panico negli occhi. Non le farei mai una cosa del genere, spero che lo sappia.

«E quale sarebbe la penitenza?» azzardo.

«Bere dieci shot di vodka liscia. In tre minuti» risponde Lucy ridendo.

Non posso fare una cosa simile a April. Nonostante sia uno stupido obbligo, so perfettamente che se la prenderebbe a morte.

Dieci shot in tre minuti...

«Penitenza» annuncio, mordendomi un labbro.

6

Cass

Primo shot: per ora tutto normale. April mi guarda preoccupata.

Secondo shot: questa roba fa così schifo che spero di vomitare tutto, dopo.

Terzo shot: Lucy mi fissa con uno sguardo talmente tagliente che lo bevo in mezzo secondo.

Quarto shot: non vorrei essere il mio fegato in questo momento.

Quinto shot: ma i muri si muovono? No, Cass. Resisti. Sei più forte dell'alcol.

Sesto shot: forse avrei preferito baciare Luke.

Settimo shot: alla fine questa roba non è poi così male.

Ottavo shot: non so perché ma mi viene da ridere. Ri-de-re… Wow, che bella parola.

Nono shot: dov'è Aiden? Avrà preso la birra? Quasi quasi vado a cercarlo. Anzi, no. Che si fotta.

Decimo shot: e io come torno a casa ora?

Quando poso sul tavolo l'ultimo bicchierino di vetro vuoto, parte un applauso generale.

Qualcuno mi batte una mano sulla spalla. Impiego un paio di secondi a capire che si tratta di April. «Cass? Come stai? Vuoi che andiamo a casa?»

Scuoto la testa in modo forse un po' troppo esagerato, ma non mi importa. Mi alzo in piedi e per un istante perdo l'equilibrio.

È questo l'effetto che fa l'alcol? Ti sembra di volare e ti porta a fregartene di cosa pensano gli altri di te?

All'improvviso ho voglia di ballare. Mi lancio nella mischia, dimenticando completamente il gruppo di persone in circolo e lo stupido gioco che stavamo facendo.

Mettono una canzone che conosco. Ah, no, non la conosco. Però giuro che è bella. Ballo.

Sono costretta a sbattere le palpebre in continuazione perché non riesco più a mettere a fuoco la stanza, tutto mi vortica intorno. Mi appoggio al ragazzo davanti a me. Wow, il suo alito profuma di…

«Ciao, Cass, tieni. Ti ho preso da bere.»

Afferro il bicchiere che mi porge e senza farmi domande lo bevo tutto d'un sorso.

Oh, merda, non era acqua.

Mi viene un conato di vomito, devo trovare subito un bagno. Come se mi avesse letto nel pensiero, il tizio che mi ha dato da bere mi prende sottobraccio. «Vieni, il bagno è di sopra. Ti aiuto a fare le scale.»

Gli rispondo con un verso che somiglia a un grugnito, ma voleva essere un ringraziamento. E mi aggrappo a lui. Probabilmente è Tim. Però me lo ricordavo più alto, e con i ricci.

«Ehiii, sei Tim?» chiedo, ma lui non risponde.

I gradini sembrano muoversi, su e giù. Suuu e giùùù. A metà rampa non ce la faccio più, sento che sto per cadere, ma per fortuna il braccio forte del ragazzo mi impedisce di scivolare e di fare una figuraccia davanti a tutti.

Di colpo mi rendo conto che è troppo muscoloso per essere Tim. Eppure lo conosco, ne sono sicura. Provo a guardarlo meglio, ma inciampo nuovamente e per un secondo rischio davvero di cadere.

Perché April non è qui con me? Non è forse mia amica?

La mia testa sta per esplodere. In cima alle scale mi sento quasi svenire. Il ragazzo mi sostiene e mi fa appoggiare la fronte alla sua spalla. Mi stringe a sé, mi accarezza i capelli, prende una ciocca e se la porta alle labbra, baciandola.

«I tuoi capelli profumano di buono» mi sussurra all'orecchio.

Sono molto vicina alla sua faccia, ora. Noto che sullo zigomo, accanto all'orecchio, ha una cicatrice. Sembra una piccola saetta. O la Z di Zorro. Mi viene da ridere.

La sua bocca sorride. Sempre più vicina. «Cass, sei bellissima» mi sussurra.

Okay, ora la situazione si sta facendo strana. Vuole baciarmi? Io voglio soltanto vomitare, e il solo pensiero mi stimola un conato.

«Il bagno» supplico il tizio, scostandomi e mettendomi una mano sulla bocca.

Lui si irrigidisce e mi indica una porta. Provo a raggiungerla a passo incerto. Non sono sicura di farcela. Mi giro per chiedergli se mi accompagna, ma è sparito. È stata tutta un'allucinazione?

Coraggio, Cass, ce la puoi fare.

Mi appoggio alla parete e striscio contro il muro fino alla porta del bagno. Devo essere proprio un bello spettacolo. Un ultimo sforzo per abbassare la maniglia. Si apre, per fortuna non è occupato.

Entro, ma la stanza che ho davanti non è un bagno. È una camera da letto.

E devo aver interrotto qualcosa, perché i due ragazzi avvinghiati sul letto matrimoniale si voltano di colpo verso di me. Ooops!

Per fortuna sono ancora vestiti e… un momento. Il ragazzo mi fissa con occhi azzurri come il ghiaccio. È Aiden. Non riesco a muovere un solo muscolo.

A cavalcioni sopra di lui c'è una ragazza che non ho mai visto prima. Non era con noi a giocare giù in salotto. Sembra un maschiaccio, è piena di tatuaggi e ha i capelli cortissimi. Sussurra qualcosa all'orecchio di Aiden, che sorride e le accarezza la schiena. Da quanto tempo sono qui?!

«Hai bisogno di qualcosa?» mi chiede la ragazza con tono sarcastico, incrociando le braccia.

Aiden si alza a sedere. La sua espressione è indecifrabile, non sembra né imbarazzato né divertito.

«No, io… Stavo cercando il bagno, scusate, non volevo…» farfuglio.

Mi volto per andarmene e inciampo nei miei stessi piedi. Finisco contro la porta, sbattendo la spalla, ma riesco ad aggrapparmi miracolosamente alla maniglia e a non cadere. Che dolore!

Vedo che Aiden sta per alzarsi dal letto. «Cass, ma che…»

Non gli lascio il tempo di finire la frase che ho già richiuso la porta. Con troppa foga, forse.

Mi viene da piangere.

Aspetta. Perché mi viene da piangere? Quel tizio non mi piace nemmeno.

Malgrado questo pensiero, comincio a singhiozzare. In quell'istante due ragazze escono ridendo da una porta bianca in fondo al corridoio: intravedo il lavandino e sospiro di sollievo. Finalmente un bagno! Oh, sì!

Le ragazze mi sfilano accanto e mi guardano, anzi mi squadrano dalla testa ai piedi.

«Che volete? Non avete mai visto una ragazza ubriaca o cosa?» Sono arrabbiata, ora. E non so nemmeno perché.

Entro in bagno, che è mooolto grande e mooolto bianco, e mi chiudo la porta alle spalle. Mi guardo allo specchio e appena riesco a mettere a fuoco l'immagine osservo il mio riflesso.

Sono un mostro.

La frangia è madida di sudore, la matita è completamente colata sotto gli occhi. Le lentiggini sembrano formiche che camminano sulla mia faccia. Anzi no, le formiche sono nere, le mie lentiggini sono beige chiaro. Esiste il beige chiaro?

Aiden

Esco dalla camera da letto lasciando la ragazza da sola. Devo cercare Frangetta, perché non vorrei mai che si mettesse nei casini e poi desse la colpa a me parlando con la sua amica.

Mi guardo intorno, ma al posto di Cass vedo un ragazzo sulle scale che mi fissa con espressione assente.

«Lauren?» chiedo, aggrottando le sopracciglia.

«In persona. Se stai cercando Cass, è nel bagno in fondo al corridoio.»

«Cosa vuoi da lei?» ringhio, serrando involontariamente la mascella.

«Tanto per cominciare, la cosa che *non* voglio è avere te in mezzo ai coglioni.»

«Mio padre e il tuo hanno stretto un accordo, lo sai. L'unica cosa che puoi fare è pulirmi il culo.»

Il volto di Lauren si indurisce di colpo. «Non me ne fotte niente dell'accordo tra i nostri genitori.»

«Benissimo. Allora siete rovinati.» Non aspetto nemmeno che risponda e mi dirigo verso il bagno.

«Lei sarà mia, Aiden.»

Cass

Mi siedo sul pavimento. È freddissimo, così ghiacciato che mi provoca la pelle d'oca sulle gambe nude. Almeno il vestito è ancora intatto.

Boom, boom, boom.

Qualcuno ha bussato alla porta? Forse ho di nuovo le allucinazioni. Appoggio la testa contro le piastrelle di marmo e chiudo gli occhi. Il mondo continua a girare intorno a me. O forse sono io a girare?

BOOM, BOOM, BOOM, BOOM.

Stavolta il rumore è più forte e insistente, non posso essermelo immaginato.

«Chi è che rompe?» sbraito.

«Apri la porta, Cass.»

Quell'accento… quella voce… può trattarsi solo di una persona. Di colpo mi torna in mente la scena imbarazzante di poco fa.

«Certo che hai un gusto strano, in fatto di donne» commento ridendo.

«I miei gusti non ti riguardano» replica, acido come al solito.

«Vaffanculo, Aiden!»

«Senti, sono venuto solo a dirti che tra poco me ne vado. Se vuoi continuare a comportarti come una bambina fai pure, basta che poi non ti lamenti che ti ho abbandonato a questa festa del cazzo.»

«Ma Luke e April non vengono?»

«Non so dove siano e non ho voglia di cercarli. Prenderanno un taxi. Io ne ho abbastanza. Ti saluto.»

Se non vado con lui rischio di rimanere in questa casa per non so quanto. *Merda.*

«Aspetta!» grido, sperando che Aiden non se ne sia già andato. Mi alzo a fatica, inciampando una o due volte. In qualche modo riesco ad aprire la porta.

Aiden entra nel bagno e si appoggia al lavandino. Quando ha trovato il tempo di recuperare un'altra birra?

«Ma si può sapere che cazzo ti succede? Sei ubriaca?» dice guardandomi storto. Beve un sorso dalla lattina. «Oh, sì. Mi sa proprio che miss Prima-della-classe si è presa una bella sbronza» aggiunge sarcastico.

«Non volevo baciare Luke» ribatto.

La sua espressione si acciglia. «E perché avresti dovuto baciare Luke?»

«Ho mal di testa, non mi va di parlarne.»

«Sei insopportabile pure quando bevi.»

Il mondo ricomincia a girare e sono costretta ad appoggiarmi al muro.

«Hai vomitato?» mi chiede Aiden.

«No.»

«Devi farlo, vieni.» Si accovaccia vicino al gabinetto e mi fa segno di imitarlo.

«Non so vomitare a comando.»

«Credimi, tra un po' ti verrà naturale. Cazzo, sapevo che con te appresso questa serata sarebbe stata un disastro. Devo pure farti da balia.»

Non ho la forza di rispondergli a tono, così mi limito a lanciargli un'occhiataccia. Siamo entrambi seduti a terra e lui mi guarda, con un gomito sul ginocchio. Ha un accenno di sorriso, come se si divertisse a vedermi in questo stato. Osservo il suo viso magro, senza un'ombra di barba; se non fosse per le piccole rughe intorno agli occhi quando sorride e per lo sguardo duro, sembrerebbe un ragazzino di sedici anni.

Noto che i suoi occhi azzurri non hanno nulla di rassicurante. Mi trasmette la sensazione di essere una persona che ha sofferto molto: tutto in lui suggerisce di non avvicinarsi troppo, come se fosse sempre pronto a partire all'attacco, a mordere. Eppure… in questo istante mi sembra più un cucciolo abbandonato e indifeso.

Aiden mi scruta attentamente, fino a soffermarsi sulla mia caviglia. «Hai un taglietto, te ne sei accorta?»

«Sarà stato il rasoio.»

«Se speravi di concludere qualcosa potevi dirmelo.» Sorride ancora, malizioso. Un sorriso insopportabile e insieme irresistibile.

«Concludere qualcosa *con te*?» Sgrano gli occhi e sbuffo, come se avesse detto la più grande assurdità della storia. «A proposito, mi spiace per prima… Vi ho interrotti.»

Lui alza le spalle, come a dire che non gliene frega niente.

«Dove studi? Non ti ho mai visto in giro…» gli chiedo

all'improvviso. Mi rendo conto solo in questo momento che non so niente di lui. Zero.

Aiden continua a sorridere. «Ho venticinque anni, non studio più da un pezzo.»

«Oh… sembri più giovane» mi limito a commentare.

Aiden si strofina le palpebre, dalle occhiaie intuisco che la notte scorsa non deve aver dormito un granché. «Senti, mi sono rotto le palle di stare qui.»

«Aspetta ancora un minuto, credo di stare meglio.»

Lui annuisce e prende il cellulare.

«È la prima volta che mi ubriaco» confesso, per rompere il silenzio.

«Ma non mi dire.»

Ecco, il simpaticone acido è tornato.

«Vai pure, non sei obbligato a stare qui» replico, seccata.

Aiden si alza in piedi, come se non aspettasse altro.

Mi alzo anch'io e sono assalita dalle vertigini. Ora anche il mio stomaco è sottosopra. «Devo vomitare» faccio in tempo a dire. E infatti, un secondo dopo, rimetto tutto quello che ho in corpo.

L'odore acre mi scatena una nausea tremenda, ma a quanto pare il mio stomaco si è svuotato.

Una mano calda si posa sulla mia nuca. L'ultima cosa che sento prima che la vista mi si annebbi del tutto è la voce di Aiden che urla: «Cazzo! Mi hai vomitato sulle scarpe!».

E poi, più nulla.

7

Cass

Quando riapro gli occhi la mia guancia è appoggiata a qualcosa di soffice ma leggermente ruvido. Sono sdraiata su... un divano?

Mi metto a sedere, la testa pulsa e mi fa un male incredibile. Mi sembra di avere un martello pneumatico nelle tempie.

Il salotto in cui mi trovo è un casino colossale, sembra la casa di un accumulatore seriale. La porta di ingresso è scrostata, vedo una scrivania con sopra un iMac che pare nuovo, in contrasto con il resto dell'arredamento, un portacenere stracolmo di mozziconi, quattro bicchieri di plastica vuoti e un sacco di riviste sparse in giro o impilate. La stanza trabocca di oggetti, vestiti, cavi e altre riviste. È quasi impossibile camminare senza dover scavalcare qualcosa.

Ma dove diamine sono finita? Mi hanno rapita! La mia vita sta per finire...

Giuro a me stessa che non berrò mai più nemmeno un sorso di sidro e mi rendo conto all'improvviso che, invece del vestito nero che avevo ieri sera, ora indosso un maglione Gucci taglia XL.

Chiudo gli occhi e cerco di ricordare cos'è successo. La festa alla villa, Lucy, April e Luke… Obbligo o verità, gli shottini di vodka… Qualcuno che mi accompagna su per le scale, io che piango, io in bagno… Qualcuno che bussa… No, non *qualcuno.* Aiden.

Sono a casa sua? Ma che ore sono?

Su un tavolino accanto al divano vedo il mio cellulare, la mia borsa a tracolla, un bicchiere di plastica pieno d'acqua e un'aspirina.

Grazie al cielo.

Metto subito la pastiglia sulla lingua e la butto giù con tre lunghi sorsi d'acqua. Stavo morendo di sete.

Prendo il telefono, ha il cinque per cento di batteria. Fantastico. Leggo l'ora sul display. Non è possibile. Sbatto le palpebre più volte, ma ciò che vedo non cambia: sono le dieci e mezzo del mattino e non sono andata a scuola!

Sono fottuta.

Però… è strano, ci sono solo chiamate perse di April. Nessuna traccia di mia madre. Apro WhatsApp e scopro di averle mandato un messaggio ieri sera.

Si è fatto tardi, dormo da April.

Ma com'è possibile? Non mi ricordo assolutamente di averlo fatto… Oh. Aiden. È stato lui?! Questo maglione è suo? Oddio, ma quindi mi ha spogliata? Oh, mio Dio, che vergogna!

In preda all'imbarazzo e chiedendomi dove sia finito, vado in bagno a darmi una rinfrescata. Mi lavo i denti con l'indice, data la mancanza dello spazzolino. Inutile dire che il resto della casa è quasi più disordinato del salotto.

Le pareti del bagno sono dipinte di rosa e sullo specchio sporco sono appiccicate delle foto di modelle. Molte sono Polaroid, che mi ricordano un po' quelle appese in camera mia. Tranne per il fatto che questi sono tutti scatti di ragazze bellissime, per la maggior parte in slip e reggiseno.

«Dormito bene?»

Quella voce per poco non mi provoca un infarto. Non ho sentito arrivare Aiden, che mi osserva appoggiato allo stipite della porta. Lo guardo, riflesso nello specchio. Ha una sigaretta infilata sopra l'orecchio, dove io invece metto la matita mentre studio. Apparteniamo proprio a due mondi distanti.

Sta masticando una gomma lentamente, in modo quasi provocante, e i suoi occhi azzurri studiano ogni mio movimento.

«*La ua aspiina mi ha salato a via.*»

«Cosa?» inarca un sopracciglio, in un'espressione buffa.

Tolgo il dito dalla bocca. «Ho detto che la tua aspirina mi ha salvato la vita!» ripeto. Poi aggiungo: «E ho dormito come un sasso».

Mi rivolge un sorriso impercettibile. Poi torna serio, quasi cupo. «Be', io ho passato la notte a togliere il tuo vomito dalle mie scarpe.»

Rido e mi lego i capelli in una coda. «Ho visto il messaggio che hai mandato a mia madre, grazie.»

Lui si limita ad annuire.

«Dove hai preso queste foto? Sono molto belle» gli domando dopo essermi sciacquata la bocca. Quasi mi stupisco che in questa casa ci sia l'acqua corrente.

«Le ho fatte io.»

«Wow, sei bravo. Ognuna sembra raccontare una storia...»

Aiden si avvicina, osservando le foto. Ho l'impressione che non si soffermi a guardarle per bene da un bel pezzo.

Posa l'indice su una Polaroid che ritrae una ragazza mora, con le labbra carnose, su un letto disfatto. Il lenzuolo la copre fino al petto, probabilmente perché è nuda, e ride con la testa piegata all'indietro.

«Chi è?» chiedo, incuriosita.

«Non sono affari tuoi» risponde lapidario. Si gira per allontanarsi, poi si ferma di colpo, come se avesse ricordato qualcosa all'improvviso. «Quando sei svenuta ho cercato la tua amica, ma non l'ho trovata. E il telefono di Luke era irraggiungibile. Per questo ti ho portata qui, non sapevo che altro fare.»

Sto per ringraziarlo, dopotutto non mi sarei stupita se mi avesse lasciato in quel bagno e se ne fosse andato, ma il cellulare che ho posato accanto al lavandino vibra. «È mia madre. Che cavolo le racconto adesso?»

«Non chiederlo a me, ti ho già parato il culo stanotte. Fatti venire un'idea.»

«Mi devo inventare una scusa per non essere andata a scuola. A quest'ora l'avranno già contattata.»

Aiden alza le spalle, come a dire "affari tuoi", e torna in salotto.

Non sono capace di mentire, divento subito tutta rossa e iniziano a prudermi le braccia. Solo che non vedo altre possibilità. Mi faccio coraggio, mi mordo l'unghia del pollice e faccio scorrere l'icona verde dell'iPhone. «Pron...»

«Cass Harris! Per l'amor del cielo, dove sei finita?! Ha chiamato la scuola!»

Urla talmente forte che devo allontanare il cellulare dall'orecchio per non diventare sorda.

Dopo cinque minuti passati al telefono cercando di calmare mia madre, la batteria mi abbandona definitivamente e torno in salotto.

Aiden è seduto sul divano a gambe incrociate. Lo sento parlare e capisco che è al cellulare. «No. Non so di cosa parli» dice in tono scocciato. «Non vedo perché dovrei venire, che cosa vuoi?» Rimane in ascolto per qualche istante, fissando il pavimento. «Cosa?!» Solleva la testa di colpo, come se avesse appena ricevuto una frustata sulla schiena. «Va bene. Tra dieci minuti sono lì» aggiunge prima di riagganciare. Lancia il telefono sul divano, chiude gli occhi e si prende il viso tra le mani, sfregandosi le guance.

«Che succede?» gli chiedo.

Aiden si alza di scatto dal divano. «Succede che devi andartene» mi dice freddo, senza nemmeno guardarmi in faccia.

«Okay. Non avevo intenzione di rimanere.»

Che razza di deficiente. Si può sapere chi gli dà il diritto di parlarmi così?

«Dov'è il mio vestito?»

«Non ti conviene metterlo, puzza di vomito.»

Le mie guance si tingono di rosso. «Giusto. Avresti dei pantaloni da prestarmi? Sai, non so quanto sia una buona idea per una ragazz...»

Mi lancia un paio di jeans neri senza dire una parola. Odorano di sigaretta, questo ragazzo fuma davvero troppo.

Torno in bagno e spruzzo sui jeans il profumo che ho visto prima sul lavandino. Ci manca solo che mia madre mi senta puzzare di fumo.

Mentre mi vesto penso a quanto sia strano Aiden: ieri sera mi salva e si prende cura di me, oggi mi caccia da casa sua neanche avessi la lebbra. Dev'essere per via della telefonata che ha appena ricevuto. Cattive notizie, forse, ma in ogni caso si sta comportando da vero stronzo.

Raccolgo le mie cose e, senza nemmeno salutarlo, esco. Tanto non lo rivedrò più: mia madre mi terrà in punizione per i prossimi due anni, quindi non sono tenuta a essere educata.

Basta, per me Aiden è praticamente morto. Faccio come Albus Silente con Harry Potter: prendo il ricordo, lo tiro fuori dalla mia testa e lo butto via. Ecco fatto, dimenticato.

Appena l'aria fredda mi colpisce il viso, mi rendo conto di non avere idea di dove diamine mi trovo.

Aiden

Infilo il giubbotto e prendo le chiavi dell'auto.

Lo sapevo. Me lo sentivo che avrebbe portato solo guai. E poi andarsene così, senza neanche salutare. Ma chi me l'ha fatto fare di salvarle il culo? Certo, devo ammettere che prima non sono stato per niente amichevole. Spesso dimentico che è solo una ragazzina…

Qualcuno bussa nell'istante in cui sto per uscire. Spalanco la porta.

«Non so come tornare a casa» esclama Cass, con un'espressione talmente imbarazzata che mi viene quasi da ridere.

Sbuffo e le indico la macchina con un cenno. Saliamo senza dire una parola.

«Ricordami dove abiti» le dico mettendo in moto.

Lei mi dà l'indirizzo e mi immetto sulla strada. Guido in silenzio. Gli unici rumori percettibili sono il rombo del motore e le mie dita che tamburellano sul volante. Cass è stranamente taciturna, non ci sono abituato. Forse è arrabbiata. Anzi, *di sicuro* è arrabbiata. Ma io ho le mie ragioni e non devo darle alcuna spiegazione. È meglio se non si affeziona troppo. Meglio per tutti.

Quando siamo quasi a destinazione mi chiede di accostare qualche numero civico prima del suo. Certo, non sia mai che sua madre la veda scendere dall'auto di un brutto ceffo come me…

«Grazie» mi dice con una vocina flebile mentre scende dalla macchina senza guardarmi.

«Cass» la chiamo, prima che chiuda la portiera.

Lei si affaccia al finestrino con aria interrogativa.

«Ho salvato il mio numero sulla tua rubrica.»

Mi regala un piccolo sorriso, che stronco subito aggiungendo: «Così ci mettiamo d'accordo per restituirmi i vestiti».

Alza gli occhi al cielo e si allontana.

Dopo l'appuntamento torno a casa. Arrivato alla porta infilo la chiave nella serratura, ma ho una sensazione strana.

Qualcuno mi osserva.

Mi giro lentamente e il mio sguardo finisce subito sulla casa dal lato opposto della strada.

Alla finestra, una ragazza mi sta fissando.

Le faccio un cenno con il capo, e con amarezza entro in casa.

8

Cass

Passo il resto della mattinata sdraiata in camera a oziare.

Dopo aver spiegato a mia madre che ho dormito da April, che i suoi erano fuori città e che non abbiamo sentito la sveglia, guadagno una bella ramanzina e una punizione, poi guardo qualche puntata della sesta stagione di *Gossip Girl* (rendendomi tra l'altro conto del fatto che Luke assomiglia in modo assurdo a Dan Humphrey… fisicamente, certo, perché come carattere non c'entra per nulla) e finisco due confezioni di biscotti al cioccolato e un litro di latte.

Ora la vita ricomincia ad avere un senso.

April prova a chiamarmi ma non rispondo. Leggo dalla schermata di blocco le decine di messaggi di scuse che mi ha inviato, ma li ignoro tutti. Deve impegnarsi un po' di più, non basta scrivere un paio di frasette con il cellulare dopo quello che ha fatto.

A pranzo mangio un hamburger, poi mi rintano nuovamente nella mia stanza.

Apro il laptop, ansiosa di guardare qualche altro episodio della serie, quando un rumore insolito attira la mia attenzione.

Scosto le tende della finestra e noto una persona vicino al lampione. Non riesco a distinguere chi è, ma indossa un cappotto e un cappello scuri. Mi sembra che guardi verso la mia finestra, ma probabilmente è solo un'impressione. Se cercasse proprio me mi avrebbe fatto un cenno, no? È così immobile che mi dà i brividi.

Okay, Cass, non farti prendere dalla paranoia. Starà aspettando qualcuno, che di certo non sei tu.

Lascio la tenda e mi rituffo sul letto. Passano al massimo due minuti e sento qualcuno che mi chiama da fuori.

Torno alla finestra a controllare e tiro un sospiro di sollievo: è April.

Quando mi scorge, affacciata alla finestra, alza un braccio per salutarmi. Noto che ha un sacchetto della spesa in mano. Se la conosco abbastanza bene, so già cosa c'è all'interno.

Vado ad aprirle e in silenzio le faccio strada verso la mia stanza. Mi siedo sul letto a gambe incrociate e abbraccio il cuscino.

«Oddio, Cass, ma da quanto sei chiusa qui dentro? C'è puzza di topo morto.»

«Il problema non è da quanto ci sono, ma per quanto ancora ci dovrò stare… per colpa di qualcuno.»

April si siede accanto a me, mi sorride e posa il sacchetto davanti a sé.

Come sospettavo, comincia a tirare fuori patatine, pop corn, merendine di tutti i tipi e persino le mie ciambelle preferite, quelle con la glassa al cioccolato.

«So di essere stata un'amica pessima, e che probabilmente non mi vorrai mai più bene come prima… Ma non c'è nulla al mondo che una bella scorpacciata di zuccheri e un film romantico non possano sistemare.»

Sorrido e la stringo con tutta la forza che ho in corpo. Non riesco a restare arrabbiata a lungo con lei. Cerco su Netflix un film strappalacrime mentre addento la prima ciambella. Scegliamo di vedere *10 cose che odio di te*, e dopo il film iniziamo con i nostri soliti commenti.

«Era scontato» osservo.

«Già, si sapeva. Ma quanto è figo Heath Ledger?» esclama April.

«*Era*... è morto da qualche anno.»

«Come sei cinica...»

«April?»

«Sì?»

«Cosa rende un ragazzo un *bad boy*?»

«Cosa ti ho detto riguardo alle domande stupide?»

«Dài, sono seria... perché classifichiamo i ragazzi in questo modo? È ridicolo!»

«Cass, ti voglio bene da morire e se fossi lesbica verrei a letto con te senza pensarci due volte. Ma spesso le tue domande sono le più stupide che abbia mai sentito.»

Rido e le tiro una patatina, che lei afferra al volo. Chiude gli occhi e mastica con assoluta calma.

«Quindi, cosa rende un ragazzo un *bad boy*?»

April mi guarda storto. «Cass, non credo tu sia ammessa nel club dei *bad boy*. Voglio dire, sei fantastica e tutto il resto, ma penso che il primo requisito per farne parte sia avere un pene, cosa che sono abbastanza sicura tu non abbia.»

Okay, ci rinuncio.

«Aspetta, aspetta, tutte queste domande sono perché...?»

Alla fine, April mi chiede cos'è successo dopo la festa. Ha saputo da amici di Luke che mi sono sentita male e che Aiden mi ha portato a casa.

«A casa sua» puntualizzo.

«CHE COSA?!» April sgrana così tanto gli occhi che temo le schizzino fuori dalle orbite. «Raccontami tutto, subito!»

In realtà c'è poco da raccontare. Sono semplicemente collassata sul divano e al mio risveglio è stato acido e maleducato come al solito senza nessuna ragione. Ma April vede sempre il bicchiere mezzo pieno e sottolinea quanto sia stato dolce e premuroso a prendersi cura di me.

Più tardi, dopo che siamo ingrassate di almeno tre chili e abbiamo chiacchierato fino allo sfinimento, April torna a casa, lasciandomi da sola con i miei pensieri.

È vero, Aiden è stato premuroso a occuparsi di me, non era certo obbligato a farlo. Ma allora perché ha dovuto rovinare tutto, trattandomi a quel modo? Per poi registrare il suo numero tra i miei contatti. È così imprevedibile e scostante che non so cosa pensare. Dovrei chiamarlo? Visualizzo il suo numero sul display. Nemmeno per idea, se vuole sentirmi sa dove trovarmi!

Sto per posare il telefono, quando mi arriva un messaggio. È la mamma, dice che uscirà tardi dal lavoro e che quindi devo andare a fare la spesa. Tra l'altro prima ho finito i biscotti e il latte per la colazione, e mi servono pure gli assorbenti, quindi non ho proprio scuse.

Apro l'armadio, prendo un paio di jeans, una maglietta e... dall'appendiabiti dove la tengo sempre manca la mia borsa a tracolla. Dove accidenti l'ho ficcata?

Rovisto un po' in giro, però non la trovo da nessuna parte.

Merda. L'ho lasciata a casa di Aiden?

Non è possibile.

Sono un'idiota totale.

È l'ultimo posto in cui vorrei andare, ma lì dentro ci sono i documenti e il mio rossetto preferito, per non parlare dei cinquanta dollari che ci ho messo ieri sera.

Vado nella camera di mia madre e prendo dal cassettone i soldi che di solito lascia per la spesa. Poi esco.

Sono riuscita a ricostruire dove si trova la via di Aiden. Quando arrivo, la trovo molto tranquilla, fa quasi paura. Percorro il vialetto con il sacchetto della spesa nella mano sinistra. Conto fino a dieci, sto per bussare, ma poi ci ripenso. E se credesse che sia solo una scusa per rivederlo?

Mi volto per tornare indietro, ma mi balena nella mente l'immagine della mia amata borsetta, così bella, piccola, familiare... Senza contare che i documenti, in ogni caso, mi servono.

Prendo un bel respiro e busso. Aspetto dieci secondi... trenta secondi. Niente.

Be', magari non è in casa.

Mi siedo sugli scalini, ma poi realizzo di non poterlo aspettare qui se non voglio sembrare una stalker. Mentre mi alzo, rassegnata, sento una voce non molto lontana.

«Cerchi Aiden?»

Una ragazza sta venendo verso di me: ha i capelli raccolti in due trecce, indossa dei pantaloni della tuta, un maglione enorme e un paio di pantofole. Praticamente ci nuota, dentro quei vestiti. Ha il viso scavato, labbra carnose e occhi marroni, circondati da profonde occhiaie. Non so chi sia e sembra più grande di me, forse ha l'età di Aiden.

Annuisco e mi risiedo. Lei allora si sistema vicino a me, porta le ginocchia al petto e le abbraccia.

Se fossi una persona saggia, sarei già scappata a gambe levate. Ma non mi sembra pericolosa, e magari può dirmi dov'è Aiden.

«Lo conosci?» le chiedo.

Lei scoppia in una risata amara. «Fin troppo bene. Fammi indovinare, hai lasciato qualcosa a casa sua?»

«Sì, ma non è come sembra, cioè… noi non abbiamo…»

«Tranquilla, non c'è bisogno che ti giustifichi.»

All'improvviso sorride e mi tende la mano. «Che sciocca, non mi sono presentata. Sono Sam, abito nella casa di fronte.»

Le stringo la mano ossuta, con la paura che si possa spezzare. «Mi chiamo Cass.»

Cala un silenzio imbarazzante.

«Comunque, non è come credi» aggiungo dopo un po'. «Aiden non è proprio il mio tipo, e poi ho altre priorità.»

Lei annuisce. «È la stessa cosa che ho detto io quando l'ho incontrato per la prima volta…»

Decido di farle la domanda che credo stia aspettando. «Stavate insieme? Se posso chiedertelo…»

Lei si alza all'improvviso e io mi sento terribilmente in colpa. «Non mi va di parlarne. Scusa.» Sam fa per andarsene, ma qualcosa la blocca. Torna a sedersi vicino a me e si mette una ciocca di capelli dietro l'orecchio. «Dopotutto, sei la prima persona con cui ho una conversazione da anni… Quindi…» L'espressione di Sam è malinconica. «Ci siamo conosciuti quando lui si è trasferito qui. Avevamo diciassette anni. Allora non era così come lo vedi adesso. Cioè, è sempre stato uno spirito libero, pieno di voglia di vivere e di fare.»

Annuisco, prendo dal sacchetto della spesa il pacchetto di biscotti appena comprati e lo apro. «Credo che per questa storia avremo bisogno di un po' di zuccheri.»

Sam sorride e prende un biscotto, ma invece di addentarlo comincia a spezzettarlo. «All'inizio, quando ancora non aveva amici nel quartiere, eravamo sempre insieme. A casa mia o al parco, a fare gli stupidi. Inutile dire che mi sono perdutamente innamorata di lui. Mi ha aiutato a combattere l'anoressia, che era molto più grave di ora.»

Oh, cavolo. Ho appena offerto dei biscotti a un'anoressica... *Sempre la mossa giusta, Cass.*

«Ma per Aiden ero solo un'amica» prosegue Sam. «Non ci ha mai provato con me, credo mi volesse bene come a una sorella. È andata così finché i suoi genitori non se ne sono andati, un anno dopo.»

«Che cosa? Come è successo?»

«Sono spariti... Aiden in realtà sa perché se ne sono andati, ma non me ne ha mai voluto parlare. Qualsiasi cosa sia successa, però, non cambia il fatto che hanno lasciato da solo un ragazzo appena maggiorenne. Per pagare il mutuo, Aiden ha dovuto fare anche tre lavori in contemporanea. Consegnava pizze durante la settimana, vendeva biglietti al cinema nel weekend e faceva da dog-sitter ogni tanto.» Sam ride. «Era davvero terribile a portare in giro tutti quei cani, avresti dovuto vederlo...» Poi torna seria: «Ha dovuto abbandonare gli studi».

«Ma non aveva altri parenti da cui andare o che potessero aiutarlo?» Sono incredula.

«I suoi sono inglesi e lui non ha nessun familiare in America. E non ha voluto vendere la casa perché era convinto che i suoi sarebbero tornati. Finché a un certo punto non ha perso le speranze. Si è arreso, il trauma è stato troppo forte. È cambiato, è diventato rabbioso, autodistruttivo. Io ho cercato di stargli vicino, di aiutarlo, ma si è chiuso in se stesso. Finché una sera… l'ho sentito gridare, fare un gran rumore, e sono corsa qui. Stava distruggendo i mobili e qualsiasi cosa si trovasse davanti. Piangeva. Ho provato a calmarlo, a consolarlo e… insomma, abbiamo fatto l'amore. È stata la mia prima volta. Commovente, eh?» Sam mi sorride con amarezza.

Ho la netta sensazione che questa storia non avrà un lieto fine.

«Il giorno dopo ero qui, proprio come te. Ho bussato, ma lui non mi ha mai aperto. Era partito senza dirmi niente. Ho saputo in seguito che si era trasferito a Los Angeles. Era entrato nel mondo della moda, per un po' ha vissuto persino a Parigi. Poi, circa un anno fa, di punto in bianco, è tornato. Ma ha iniziato a trattarci tutti come estranei, come se nemmeno ci conoscessimo. È stata dura. Qui c'è un tale viavai di ragazze che… Insomma, mi dispiace per te. L'unica persona che frequenta regolarmente è quel Luke, che però ha dei giri strani, poco puliti. Spero solo che Aiden non si metta nei casini.»

In questo momento essere qui mi fa sentire incredibilmente stupida.

Sam si asciuga una lacrima. «Scusa, non volevo annoiarti con questa storia.»

Le metto una mano sulla spalla scheletrica per rassicurarla. «Non c'è problema. Mi dispiace davvero per quello che hai passato.»

«Se posso darti un consiglio, dimenticati di Aiden Walker finché sei in tempo. Gli voglio bene e gliene vorrò sempre, ma ormai non lo rispetto più. C'è qualcosa di… spezzato, in lui. Ti porterà solo guai.»

Ritorno a casa un po' turbata, ma con la certezza che non lo rivedrò mai più.

Il giorno dopo

Apro il diario per incollare una foto del tramonto che ho scattato qualche giorno fa.

Sfogliando le pagine, capito per caso su uno scarabocchio degli occhi di Aiden che ho fatto la sera in cui l'ho visto al locale.

Oggi, dopo la scuola, sono tornata a bussare alla sua porta. Ma lui non ha aperto. È quasi come se non fosse mai esistito.

Prendo una penna e scrivo:

Ci sono occhi
che per quanto ci provi
non riesci a dimenticare.
Si insinuano sotto la tua pelle
ti marchiano a fuoco l'anima.
E quando pensi
di esserti finalmente liberato di loro
ti appaiono in sogno.
È come una condanna,
ma allora
essere dannati
non è poi così male.

Tre giorni dopo

Mi alzo alle sette di mattina, seguendo la solita routine per andare a scuola: doccia, colazione, spazzolino e vestiti. Infine preparo lo zaino con i libri.

Saluto la mamma e mi incammino. Ho tanti pensieri per la testa, ma cerco di scacciarli e di concentrarmi sul compito di letteratura che mi aspetta alla prima ora.

Sulla scalinata d'ingresso mi guardo intorno. Strano, io e April ci diamo sempre appuntamento qui per entrare insieme, però oggi dei suoi capelli rossi non c'è traccia. La aspetto per qualche minuto ma, quando la folla degli altri studenti comincia ad avviarsi verso l'enorme portone, decido di darmi una mossa.

Se la mia amica non si presenterà, dovrà fare i salti mortali per riuscire a prendere una sufficienza in quello di recupero, rifletto mentre prendo posto al solito banco a metà della classe. Ho appena il tempo di notare che quello davanti a me è l'unico vuoto, quando miss Billie entra nell'aula con il solito passo veloce ed energico. In mano tiene un enorme plico di fogli. Li distribuisce: il novanta per cento sono domande a scelta multipla, il resto domande aperte.

Quindici minuti dopo l'inizio della lezione, la porta della classe si spalanca all'improvviso ed entra April: ha i capelli spettinati e ha parecchi libri tra le braccia, che sembrano sul punto di caderle. Non ha un bell'aspetto, la cravatta della divisa è slacciata e messa a mo' di sciarpa intorno al collo.

«Mi scusi, miss Billie, ho avuto un contrattempo.»

«Si sieda e cominci subito il compito.»

April prende posto e si gira rivolgendomi un sorriso di scuse.

Non abbiamo altre lezioni in comune per il resto della mattinata, quindi mi tocca aspettare l'ora di pranzo per chiederle spiegazioni. Come sempre, mi sta aspettando all'entrata della mensa.

«Ma si può sapere che ti è successo?! Eri distrutta, stamattina!»

April sorride e ci dirigiamo verso la fila, c'è sempre il pienone e con il brusio di sottofondo parlare è un'impresa.

«Intanto prendi il vassoio. Comunque nulla di che, ieri sera sono uscita a divertirmi con Luke.»

La cosa che mi preoccupa maggiormente è il tono entusiasta ed eccitato che usa. Una domanda mi attraversa la mente come un fulmine, e April sembra leggermi nel pensiero.

«E sì… In caso te lo stessi chiedendo, c'era anche Aiden.»

«L'ultima volta che sono stata a casa sua non mi ha aperto nessuno.»

«Non ho idea di cosa stia combinando, so solo che ieri sera aveva la faccia di un fantasma e se ne è andato via dopo nemmeno un'ora…» Si gira verso l'addetto alla mensa. «Per me della pasta, grazie».

Non commento e ordino del minestrone, che oggi sembra meno cattivo del solito.

Sedute al tavolo, April mi mette una mano sulla spalla. «Cass… non ho ben capito cosa sia successo tra te e Aiden, ma lui ha altre cose per la testa. Lascialo perdere, credimi» consiglia, con la bocca piena. «Ah, cazzo, questo sugo è piccante» dice poi.

Annuisco e addento un pezzo di pane, talmente duro che per poco mi rompo un incisivo.

Una settimana dopo

Alla fine dell'allenamento mi ritrovo le nocche talmente indolenzite che, se tirassi anche solo un altro pugno, probabilmente inizierebbero a sanguinare.

Il mese prossimo ho un incontro importante contro una ragazza di New York che colleziona KO al primo round; se non mi alleno seriamente rischio di fare una brutta figura, e deludere Mark è l'ultima cosa che voglio. Mi ferma mentre esco dagli spogliatoi, mi guarda negli occhi come solo lui sa fare e mi chiede se va tutto bene. Sa leggermi dentro come se fossi fatta di vetro: capisce sempre se sono stressata, felice, arrabbiata, se ho litigato con mia madre. È incredibile. Lo abbraccio forte e gli rispondo che è tutto okay. Voglio impegnarmi per lui, glielo devo, ma ora sono sfinita e mi tremano le gambe: per oggi basta così.

Per di più ho un mal di testa atroce, fuori diluvia e non ho nemmeno l'ombrello. Tiro su il cappuccio della felpa ed esco sotto la pioggia. Odio il freddo e odio la città in questo periodo dell'anno, voglio l'estate. Leggo la solita scritta sulle strisce che mi dice di controllare sia a sinistra sia a destra prima di procedere.

Oh, no.

La pensilina coperta dell'autobus, dall'altra parte della strada, è piena di gente. Se aspetto sotto il diluvio mi prenderò una polmonite. Mi guardo intorno. A pochi passi da me vedo la tettoia di un negozio chiuso: potrei ripararmi lì, poi quando vedrò arrivare il bus attraverserò la strada di corsa. Ce la posso fare.

Raggiungo in fretta la tettoia, mollo il borsone per terra e mi chino a cercare il telefono nelle tasche laterali.

«Ciao, Cass.»

Mi tiro su di colpo. Davanti ho un tizio che indossa un cappotto nero troppo grande. Ha un cappello calato sulla fronte, che si toglie mentre si avvicina. Mi è familiare, ma non riesco a collocarlo tra le persone che conosco.

Mentre apro la bocca per chiedergli chi è, mi precede: «Non ti ricordi di me?» mi domanda, con un sorrisino appena accennato.

Oh, cavolo, quel sorriso che sembra più una smorfia. È il tizio con le guardie del corpo!

«Ma che cosa vuoi da me?» sbotto. Meglio andare subito al punto. Questo tipo non mi piace per niente. «Non ti conosco nemmeno.» Faccio per prendere il borsone e allontanarmi.

Lui mi afferra il braccio e io mi blocco, sorpresa.

«Sì che mi conosci, invece. Sono Lauren.» Mi accarezza una ciocca di capelli che spunta dal cappuccio della felpa. «I tuoi capelli profumano di buono» aggiunge.

Resto immobile, senza parole. Qualcuno mi ha già detto questa frase. Quando? Poi, all'improvviso, lo vedo. Un segno particolare sul suo zigomo, una cicatrice a forma di piccola saetta. «Alla festa. Eri alla festa» ribatto.

Lui mi rivolge ancora quel sorriso obliquo che mi mette i brividi.

«Perché non andiamo da me, così ti asciughi e facciamo una bella chiacchierata?»

«Tu sei pazzo! Lasciami subito, con te non vengo da nessuna parte» grido, liberando il braccio con uno strattone. «Aiuto!»

La gente in attesa dell'autobus si gira verso di noi. Lui fa un passo indietro e si cala il cappello in testa.

«È per via di quell'Aiden, vero?» mi urla dietro, mentre mi precipito verso le strisce pedonali. «Me la pagherà! E poi finalmente sarai mia! È figlio di un infame, ed è più infame e schifoso di suo padre.»

Ma cosa sta dicendo? È completamente fuori di testa. Conosce Aiden? L'autobus sta arrivando, devo assolutamente prenderlo e scappare da qui. Appena arrivo dall'altra parte della strada, salto sul marciapiede e scivolo, cadendo per terra. Che dolore! Come minimo avrò un livido sul sedere per due settimane.

Mentre la gente inizia a salire sul bus e io fatico a rimettermi in piedi, un ragazzo mi viene incontro. È fradicio il triplo di me ma lo riconosco subito: è Tim, il fratellastro di Luke.

«Ti sei fatta male?» mi chiede preoccupato.

Ha un maglione che fino a poco fa doveva essere celeste e morbido, mentre ora è solo zuppo e scuro. I capelli gli sfiorano il collo. Ha il solito sguardo dolce, adorabile.

«Aiutami, ti prego. Devo assolutamente prendere l'autobus!»

Devo avere un'espressione disperata, perché Tim non mi chiede altro, mi tira su in un nanosecondo e poi, tenendomi per mano, mi guida di corsa verso il bus. Saliamo all'ultimo istante, mentre le porte si stanno chiudendo.

«Visto? Ce l'abbiamo fatta!» esclama lui con un sorriso.

Mi avvicino al finestrino, facendomi spazio tra i passeggeri a gomitate. Elimino con la mano la condensa che ricopre il vetro e guardo verso il negozio. Eccola lì, una figura scura che pian piano si allontana. E d'un tratto mi ricordo. Il cappotto nero, il cappello… l'uomo sotto il lampione che teneva d'occhio casa mia! Che mi osservava, fuori dalla mia finestra.

«È lui…» mormoro, disperata.

«Lui chi?» domanda Tim, serio, mentre cerca di distinguere

qualcosa fuori dal finestrino appannato e coperto di goccioline. «Cass, stai bene?»

Gli racconto tutto, della festa, della prima volta che l'ho incrociato, di quello che è appena successo.

«Sembri davvero distrutta. Mi dispiace di averti lasciata da sola, alla festa. Forse se fossi rimasto con te non sarebbe successo.» Tim sembra davvero addolorato. «Perché non lo denunci?»

«So solo che si chiama Lauren. Che posso fare?» Mi stringo nelle spalle. «In fondo non ha fatto niente di grave.» Sospiro. Si liberano due posti vicini e glieli indico. «Senti, adesso ho solo voglia di pensare ad altro, okay?»

Ci sediamo, tiro fuori cellulare e cuffiette. Gliene porgo una e faccio partire *You Suck at Love* dei Simple Plan.

«Immaginavo fossi una tipa da Simple Plan» commenta Tim dopo qualche secondo.

«Ah sì? Sono così prevedibile?»

«No… ho avuto un'intuizione.»

Sorridiamo. Devo ammettere che con questo ragazzo mi sento davvero a mio agio, al sicuro. Scommetto che non mi spoglierebbe mai senza il mio permesso e nemmeno mi caccerebbe da casa sua senza spiegazioni… Ogni riferimento è puramente casuale.

Tim gioca con il braccialetto di legno che porta al polso. Mi sembra un po' in imbarazzo.

«Immaginavi anche che fossi una tipa che scivola sull'asfalto e sbatte il sedere per terra?»

Tim ridacchia. «Be', no. Ammetto che mi hai sorpreso.»

«Comunque, è stata una fortuna che ci fossi tu» gli dico, guardandolo negli occhi. «Oh, cacchio, è la mia fermata!» Me ne accorgo quando le porte sono già aperte. Scatto in piedi e scendo al volo, salutando Tim con la mano.

Lui mi segue con lo sguardo, anche quando le porte si chiudono. Anche quando l'autobus riparte, finché non scorgo più il suo viso.

9

Aiden

Nell'ultima settimana non mi sono mosso da Sacramento; Luke mi ha permesso di stare in un appartamento sfitto di proprietà dei suoi. Ho indagato un po', ho chiesto agli amici di mio padre se sapessero dov'era, ma nessuno ha sue notizie da anni.

Ho capito che non posso continuare a nascondermi. Credevo che mi sarebbe bastato sparire per qualche tempo e andare avanti per la mia strada come ho sempre fatto, senza interessarmi più della vita di Cass. E invece no. Lauren non la lascerà mai in pace.

La cosa peggiore è che non mi piace nemmeno, quella ragazza. Non è per nulla il mio tipo. È assurdo che mi importi cosa le capita, ed è tutta colpa di Lauren. Le nostre famiglie sono state rivali per troppo tempo, e dev'essersi fissato su di lei per colpire me.

O forse dipende dal fatto che mi ricorda la mia Millie. Quell'aria indifesa… gli occhi dolci…

La mattina dopo la festa, mentre Cass era ancora a casa

mia, ho ricevuto una telefonata di Lauren. Evidentemente i suoi mi seguono e mi tengono d'occhio da allora. Mi ha proposto di incontrarci («Altrimenti alla tua amichetta Cass succederà qualcosa di brutto») e, quando ho chiesto perché, si è limitato a rispondere che dovevamo risolvere un problema. Diciamo solo che un incontro con Lauren Abate non si può semplicemente rifiutare. Appartiene alla famiglia di criminali più pericolosa di Sacramento: il padre è un boss latitante e il fratello Lenny controlla tutte le attività illecite della città.

Quando avevo quindici anni papà lavorava per loro, ma a un certo punto aveva deciso di abbandonare quella vita. Gli Abate, naturalmente, si erano opposti; mio padre allora si era procurato dei documenti riservati che riguardavano conti bancari segreti e altri crimini e, minacciandoli, era riuscito a ottenere la libertà per sé, per la mia matrigna e anche per me. Avevo giurato sulla mamma che non mi sarei mai più immischiato con quella famiglia… invece non ho avuto scelta. Ho dovuto infrangere quella promessa.

Sono andato all'appuntamento con Lauren, che mi aspettava in compagnia dei suoi tirapiedi.

«Allora, si può sapere che cosa vuoi?» ho chiesto a bruciapelo.

Lui è andato dritto al punto. «La ragazza che ha dormito a casa tua, Cass Harris… Mi auguro per te che tu non l'abbia toccata.»

«Che vuol dire? Cosa ti importa?» Non capivo dove volesse andare a parare.

«Mi importa eccome! Perché la voglio per me.»

Mi è venuto da ridere. «Be', accomodati. Forse però prima dovresti capire se lei è d'accordo» ho commentato, sarcastico.

Ma lui non aveva nessuna voglia di scherzare. «Sarà d'accordo, se tu ti leverai di mezzo. Finché le ronzerai intorno io non potrò averla.»

«Non c'è nulla tra noi, te l'assicuro. E non posso lasciare una ragazza con cui non sto...» La conversazione stava prendendo una piega surreale.

«Infatti non devi lasciarla. Devi solo sparire.»

«Stai scherzando? La mia vita ora è di nuovo qui. Perché mai dovrei andarmene?»

«La mia non è una domanda e sai che non ti conviene sfidarmi. Non conviene né a te né a lei. Non vorrai che le succeda qualcosa di brutto, vero?»

«Ma mio padre...»

«Tuo padre è sparito da sette anni, e con lui sono sparite anche le prove dei crimini del mio!»

«Posso sempre rintracciarlo...»

Lauren ha teso le labbra in un sorriso cattivo. Lucifero, in confronto, sarebbe sembrato un angelo. «Ho saputo da... da una delle mie tante fonti che tuo padre ha avuto un infarto un anno fa... ed è morto!»

Provate a pensare alla cosa più dolorosa che possa succedervi. Ecco, quella cosa è un millesimo del dolore che ho provato in quel momento. «Non ti credo!»

«Quando voglio una cosa la ottengo, che gli altri siano d'accordo o meno. E io voglio lei. Sarà la mia donna.» Ha riso. «Vattene e ti prometto che la conquisterò con le buone.»

«Ma...»

«E, se proverai ad andare alla polizia, anche il tuo amico Luke dovrà guardarsi le spalle. Sta iniziando a dare fastidio a Lenny, con quei suoi traffichetti da due soldi. Possiamo dargli una bella lezione in qualsiasi momento. Dipende solo da te.»

Ho accettato, perché non potevo fare altro: sarei sparito dalla vita di Cass. Non sarebbe stato un grande sforzo, dopotutto. Non erano fatti miei, e a me non importava di nessuno.

Sono tornato a casa guidando a tutta velocità, la rabbia era così intensa che facevo fatica a respirare. Se Lauren non avesse minacciato di fare del male anche ad altre persone, lo avrei riempito di botte.

Sono entrato sbattendo la porta, cercando solo un modo per sfogare la mia rabbia. Ma certo, la palestra! Sono uscito subito e ho riversato la mia furia sul sacco da boxe. Probabilmente non colpivo così forte da quando… da molto tempo.

Non sono fatti miei. Che vadano tutti a farsi fottere. Cass compresa.

Mi sono accorto all'improvviso che in palestra mi fissavano tutti. Avrei voluto che qualcuno si azzardasse a rivolgermi la parola per poter far atterrare i miei pugni su qualcosa che mi desse più soddisfazione di quel pezzo di cuoio consumato.

Volevo solo non pensarci.

Dopo, tornando a casa, con le nocche spaccate e i muscoli doloranti, mi sono chiesto se Cass stesse bene. E non ho resistito. Come potevo lasciare la città? Cosa le sarebbe successo? E così mi sono ritrovato a osservarla di nascosto. Vedere che stava bene mi ha trasmesso una certa tranquillità. Cosa avrebbe potuto farle Lauren? L'ho seguita mentre andava a scuola, dalla sua amica, in palestra. E poi l'ho vista alla fermata dell'autobus. Quando ho notato Lauren che si avvicinava e le afferrava un braccio, ho sentito il sangue ribollire. Avevo appena deciso di intervenire, quando lei si è divincolata ed è scappata.

In quell'istante ho capito una cosa: Cass non accetterà mai di uscire con lui, e questa storia non andrà a finire bene. Temevo che le avrebbe fatto del male in ogni caso, che io fossi stato nei paraggi o meno.

Quindi ieri notte sono tornato a casa. Ho bisogno di riordinare le idee e di pensare a cosa fare. Andare alla polizia è fuori discussione e non posso voltare le spalle a Luke. Dovrei parlare con Cass, metterla in guardia? Non lo so. So solo che devo fare qualcosa. Posso ancora salvarla… come non sono riuscito a fare con Millie.

Esco e l'unico posto in cui ho voglia di rifugiarmi per un po' è la casa di Luke.

Charles mi apre e con il solito tono formale mi avverte che Luke è nella sala cinema. Scendo le scale che portano al piano di sotto… se non ricordo male è la terza porta del corridoio.

La apro e trovo il mio amico seduto su una delle poltrone rosse. Il proiettore è spento, Luke si sta girando una canna.

«Non mi aspettavo una tua visita» dice senza nemmeno guardarmi.

Non rispondo e mi siedo accanto a lui.

«Wow, dev'essere successo qualcosa di grosso se non spari una delle tue super battutone. Non mi dire che c'entra Frangetta! Hai venticinque anni, Aiden, non sei più un ragazzino…»

«Lei non c'entra o, almeno, c'entra solo in parte.»

Luke finisce il suo "capolavoro" e lo accende, portandoselo alle labbra. «Quindi hai intenzione di dirmi che ti prende oppure vogliamo giocare agli indovinelli?»

«C'entra Lauren…»

L'espressione di Luke si fa seria di colpo.

Gli racconto tutto quello che è successo, e penso di non averlo mai visto tanto attento.

Alla fine si alza in piedi, incazzato nero. «Ma tu hai una fottuta idea della persona di cui stai parlando? Non è un tizio qualsiasi, cazzo.»

«Lo so, per questo ho deciso di...»

Luke è furibondo. «Deciso cosa?! Di farti ammazzare solo per stare vicino a una ragazza?»

«No, per questo ho deciso di parlare con Ross. Lui è l'unico che può sapere dove si trova mio padre.» Non gli dico che secondo Lauren sarebbe morto. Non può essere vero; in quel caso la mia matrigna sarebbe tornata a vivere qui.

«Non dire cazzate, Aiden, ci penso io a Lauren. Sono anni che mi sta in mezzo ai coglioni ed è giunto il momento di sistemare la cosa.»

Questa volta sono io a scattare in piedi arrabbiato. «Tu non muoverai un dito, capito?! Non voglio che la situazione peggiori. Tu sei uno, loro sono centinaia.»

Luke si risiede e si massaggia le tempie.

Mi accendo una sigaretta. Venire qui è stata un'idea pessima, non so cosa mi sia saltato per la testa.

«Cazzo. Hai ragione, amico, mi dispiace. Comunque... si può sapere cos'ha questa Cass di così speciale? Ce l'ha solo lei? Bah...»

Luke riesce a strapparmi un sorriso.

La suoneria del cellulare mi sveglia. Guardo l'ora. È pomeriggio. Cazzo, sono stato sveglio tutta la notte a pensare a cosa fare e stamattina sono crollato. La chiamata è di un numero sconosciuto. Rispondo.

«Non sei stato di parola, Aiden.»

La linea cade di colpo e comincio a sudare freddo.

Compongo velocemente il numero di Luke. Uno squillo, due squilli…

«Aiden… scusa, io… Ero fattissimo e non mi sono reso conto di cosa stavo facendo.»

«Che cazzo sta succedendo, Luke?»

«Li ho sistemati io, quelli lì. Ho ridotto a uno straccio uno degli scagnozzi di quella merda vivente. Devi andartene, Aiden. Va' a cercare tuo padre, è l'unico che potrà salvare te e Cass.»

«Luke… Hai appena scatenato una guerra.»

Concludo la chiamata e faccio la sola cosa che mi sembra sensata. Saccheggio armadio e cassetti, poi infilo alla rinfusa tutto nello zaino.

Metto il giubbotto e prendo le chiavi della macchina. Do un'ultima occhiata alla stanza. Credevo di non dover più fuggire. Sospiro e mi chiudo la porta alle spalle.

Cass

Esco dalla palestra completamente fradicia. I phon non funzionano e i capelli bagnati e tamponati alla meglio con l'asciugamano mi gocciolano lungo la schiena. Mi verrà di certo una bronchite.

Mi siedo per un attimo su una panchina e controllo il cellulare. C'è un messaggio da un numero non registrato in rubrica.

Ho chiesto il tuo numero a Luke, che l'ha avuto da April. Una mossa prevedibile? :) Spero non ti dispiaccia. Tim

Sorrido e rispondo:

Be', no. Mi hai sorpreso, lo ammetto! :) Ovvio che non mi dispiace.

Lui replica subito:

Bene, perché ho troppa voglia di rivederti.

Scrivo:

Anch'io. P.S. Sembra un dialogo da film romantico.

Chiudo gli occhi per un secondo, inspirando l'aria pulita. Poi infilo il cellulare in tasca, mi alzo e metto il borsone in spalla. Devo correre a studiare.

Ed è ora che tutto ha inizio. La macchina arriva sgommando e inchioda di colpo sull'asfalto davanti a me. La portiera del passeggero viene spalancata. Riconoscerei quell'auto tra mille.

«Cass, sali subito, sbrigati!»

Aiden è al volante, mi guarda con un'espressione dura e disperata allo stesso tempo.

«Nemmeno per idea! Va' a quel paese!»

Inizio a camminare nella direzione opposta mentre tiro su la zip della felpa fino al mento.

La macchina fa retromarcia, seguendo i miei passi.

«Cass, per una volta, ti prego, fa' quello che ti dico.»

«Mi cacci da casa tua, sparisci da un giorno all'altro e pretendi che obbedisca ai tuoi ordini?» Sono furiosa.

«Mi dispiace, okay? Ti spiegherò tutto, ma ora ascoltami… non c'è tempo.»

Sembra davvero teso. Sospiro e alzando gli occhi al cielo salgo sull'auto. Prima ancora che abbia chiuso la portiera, Aiden riparte, più veloce di quando è arrivato. Nello specchietto retrovisore vedo un SUV nero che si avvicina pericolosamente. «Ma che sta succedendo?!» grido.

«Dopo. Ora allaccia la cintura e reggiti forte.»

Aiden sfreccia tra le strade di Sacramento con una facilità tale che sembra percorra queste vie tutti i giorni, mentre io vedo quartieri in cui non ho mai nemmeno messo piede.

«Aiden, rallenta! Mi sta venendo la nausea!»

Cinque minuti più tardi, siamo in una strada circondata da alberi e fitta vegetazione, e il mio cellulare non prende. Il SUV non ci segue più.

«Dove siamo? Cos'è questo posto? Portami subito a casa!»

«Cass, non penso che potrai tornare a casa.»

«Che stai dicendo? Non coinvolgermi nei tuoi casini, okay? Ne ho abbastanza di te! Portami a casa o scendo da questa auto del cazzo ADESSO!»

«Provaci, se vuoi. Le portiere sono bloccate. Non è il momento di fare l'isterica, Cass. La situazione è grave.» Il tono deciso e fermo della sua voce mi mette paura. Cerco di calmarmi. «Quanti soldi hai con te?» aggiunge.

«Che cosa? Non lo so!»

«Guarda nel portafoglio e dimmelo.»

Sconvolta, apro il borsone e faccio quello che mi dice. Ormai ho imparato a conoscerlo e so per certo che in questo momento non otterrò le risposte che cerco. «Cinquanta dollari e... settanta centesimi.»

«Merda.»

«Senti, Aiden, mia madre si starà chiedendo perché non

sono ancora tornata. Quindi, per favore, puoi riportarmi a casa?»

Aiden mi guarda e corruga la fronte per un secondo. Poi tira giù il finestrino e si accende una sigaretta. «Non c'è più una casa, Cass. Ora siamo io e te.»

LA FUGA

10

Cass

In macchina regna il silenzio.

Aiden mi ha detto che è inutile insistere: tra poco ci fermeremo a mangiare e mi spiegherà cosa sta succedendo. Me lo auguro, visto che non capisco più nulla. Sono confusa, preoccupata e sto morendo di fame. Ma non riesco proprio a stare zitta.

«Fammi indovinare, hai ucciso qualcuno e vuoi che io testimoni in tuo favore?»

«Ma si può sapere come ti vengono certe idee? Guardi troppe serie tv, Cass.»

«Ma quali serie tv... da quando ti conosco me ne capita una dopo l'altra!»

«Potrei dire la stessa cosa, guarda!» Aiden sospira a lungo, esasperato, e capisco che è il caso di smetterla con le domande.

Decide di trincerarsi nel suo silenzio ostinato, quindi non posso far altro che tornare a guardare i cartelli stradali che sfrecciano sul lato destro della strada.

«Ti ricordi la mattina che ci siamo incrociati in palestra?»

Non mi aspettavo che mi chiedesse una cosa del genere. «Se avessi saputo in che guaio mi stavo cacciando, sarei scappata dalla palestra a gambe levate» gli rispondo sarcastica.

«... E invece te ne sei rimasta a fissarmi mentre mi allenavo.»

«Se mi hai rapito e questo è un modo per farmi confessare i miei peccati, be', signor giudice, possiamo anche tornare indietro.»

«Ehi, perché ti scaldi? Ti ho beccato! E mi fissavi anche al locale, la sera prima.»

«Oh, intendi quando mi hai offerto da bere, anche se eri lì con un'altra?» puntualizzo.

Aiden alza le spalle. «Non era nessuno di importante.»

«Be', l'avevo capito anche da sola. Visto che alla festa in villa l'hai baciata davanti a tutti e poi ti sei... *appartato* con un'altra, per così dire.»

«Non provare a giudicarmi, ragazzina. Io metto subito in chiaro le cose, non mi spaccio per quello che non sono.»

«Oh, certo. Ce l'hai letteralmente stampato in fronte, quello che sei. Dimmi perché dovrei fidarmi di te!» sbotto.

Possibile che noi due non riusciamo mai – mai – ad avere una conversazione normale? Finisce sempre in guerra.

Un altro lungo silenzio ostile.

Poi comincio a sentirmi in colpa per quello che ho detto.

«Non ti ho mai ringraziato.»

Aiden mi fissa inarcando un sopracciglio. Finge di avere tutto sotto controllo, però continua a lanciare occhiate allo specchietto retrovisore per vedere se qualcuno ci sta seguendo.

«Per esserti preso cura di me, quella notte. La mattina dopo sei stato uno stronzo, perdona il termine, ma comunque non ti sei approfittato di me, quindi grazie.»

«Non mi sono approfittato di te perché non sei esattamente il mio tipo, non ti illudere» ribatte lui.

Rido e gli do una leggera spinta.

«C'è un *diner* a cinquecento metri da qui. Ci fermiamo e ti spiego cosa sta succedendo, ma non possiamo trattenerci molto.»

Annuisco e torno a guardare fuori dal finestrino, ma dopo qualche secondo chiudo gli occhi. Come vorrei tornare a quando tutto era più semplice…

Aiden parcheggia ed entriamo nel locale, uguale ai mille altri che si trovano sulle strade a lunga percorrenza. Ci sediamo a un tavolo e ordino un caffè con una ciambella. A un tratto non ho più fame. Mi tolgo la felpa, la appoggio allo schienale della sedia di legno e gli faccio la domanda che mi sto ponendo da ore.

«Posso sapere dove sei andato la mattina che mi hai cacciata fuori di casa?»

Aiden sospira, appoggia i gomiti sul tavolo e inizia a tamburellare le dita sul ripiano. Dev'essere un gesto che fa quando è nervoso, una specie di tic.

«Prima ti ho chiesto se ti ricordi la mattina in cui ci siamo incontrati in palestra. È successo qualcos'altro di strano? Pensaci bene» dice dopo qualche istante.

«Oh, non saprei.» Cerco di tornare con la mente a quel giorno. «A dire il vero, sì. Sono stata avvicinata da tre energumeni, prima di entrare. Dei tizi poco raccomandabili. Uno in particolare sembrava pericoloso, ma si è limitato a fare un commento stupido… Poco dopo me ne sono andata.»

«Okay.» Aiden sembra processare le informazioni. «Io… credo di aver incontrato gli stessi tizi, quando sono uscito. Fanno parte della famiglia Abate, dei noti criminali. Ho ascoltato per caso la loro conversazione, e da quel momento hanno iniziato a seguirmi.»

«Ma perché? Cos'hai sentito?» chiedo.

«Questo non ha importanza, ora. La mattina dopo la festa mi hanno detto chiaramente che dovevo sparire, se non volevo guai, e così ho fatto. Per questo non mi sono fatto più sentire. Ma poi ho capito che non potevo nascondermi per sempre, che non era quella la soluzione. Il fatto è... che non posso andare alla polizia.» Si passa una mano tra i capelli, prende un respiro e prosegue: «Forse è arrivato il momento di raccontarti qualcosa di me. Non so nemmeno da dove cominciare... Allora, i miei genitori hanno tolto il disturbo quando avevo diciott'anni. Mio padre bazzicava nella malavita, e per proteggermi se ne è andato, senza nemmeno dirmi dove. Senza scendere nei dettagli, ho passato anni difficili, molto difficili. Me ne sono andato da Sacramento per iniziare una nuova vita, e le cose hanno cominciato a girare per il verso giusto. Fino a un certo punto. Ma poi sono andato di nuovo in pezzi. Sono tornato qui, ma non avevo uno scopo. Stavo sprofondando, Cass, sempre più in basso. Per fortuna ho conosciuto Luke. Non saprei dire perché abbiamo legato così tanto, fin da subito. Mi ha aiutato a rimettermi in piedi, anche economicamente, mi è stato vicino. Gli devo tutto. Solo che Luke, be'... la sua famiglia è più che benestante, però lui non ha un soldo. Non ha voluto studiare giurisprudenza, come desiderava suo padre, che quindi gli ha tagliato i fondi. Il suo problema è che ama la bella vita, ma non ha voglia di lavorare, di fare fatica. E quindi ha iniziato a spacciare. Io non condivido la sua scelta, non ho mai fatto uso di droghe, ma lo tollero. Starò sempre dalla sua parte. È una persona troppo importante, per me».

La cameriera mi porta il caffè, e sono talmente presa dalla storia che per poco non me lo rovescio addosso.

«Quei tizi» riprende Aiden «controllano i traffici illeciti di Sacramento e sanno delle attività di Luke. Sono pericolosi, Cass. Hanno minacciato di fargli del male, se dovessi rivolgermi alla polizia. E comunque non servirebbe a niente, perché molti poliziotti sono corrotti e collaborano con gli Abate, mentre gli altri non rischierebbero la vita per il misero stipendio che prendono.»

Non ci sto capendo niente. Sono in preda a mille sensazioni diverse. Da un lato sono sollevata di sapere che Aiden non è sparito per evitare me. Ci sono stata troppo male. Non si è più fatto sentire perché non poteva farlo, non per ferirmi. E sono felice che abbia voluto parlarmi di sé, del suo passato. Il suo racconto corrisponde a ciò che mi ha riferito Sam, la sua amica. Quindi mi sta dicendo la verità. Ma tutto il resto… L'unica cosa che mi sembra chiara è che Lauren, quel viscido, è la stessa persona che ha minacciato Aiden. E questo mi fa venire i brividi. Però…

«È terribile, Aiden. Ma io cosa c'entro con questa storia? Perché mi hai trascinata dentro… tutto questo?»

Aiden

Come faccio a dirle che è lei il motivo che ci spinge a scappare? Che un criminale si è messo in testa di farla sua a tutti i costi, e che intende spazzare via chiunque trovi sulla sua strada? Come potrebbe reagire a una notizia del genere? Forse è meglio sorvolare, fino a che non sarà proprio necessario che lo sappia.

In questo istante sento trillare il campanello sopra alla porta del locale: sta entrando qualcuno.

Capisco che Cass vorrebbe voltarsi a guardare.

«Non farlo» le ordino, stringendole il braccio. «Abbassati.»

Osservo uno degli scagnozzi di Lauren entrare. Per fortuna siamo dietro una specie di séparé, quasi nascosti alla vista di chi si trova dall'altra parte del locale. Il tizio si avvicina al bancone, con passo deciso. Immagino voglia chiedere se qualcuno ci ha notati.

«Cass, lascia i soldi sul tavolo e usciamo alla svelta. Appena siamo fuori, tu corri verso la macchina.»

«Far pagare la ragazza al primo appuntamento… non è un gesto molto elegante.»

«Non è il momento di scherzare, cazzo.» Le porgo le chiavi e prego che all'esterno non ci sia l'altro tirapiedi ad aspettarci.

«E tu? Dove vai?»

«Arrivo subito, non preoccuparti.»

Cass annuisce. Ci alziamo in silenzio e usciamo. Lei corre all'auto, come le ho detto. Apre la portiera e si fionda dentro. Nel parcheggio è tutto tranquillo. Devono essersi divisi, per aumentare le probabilità di trovarci.

Mi fermo a pochi passi dalla porta del *diner* e aspetto, le mani nelle tasche della giacca di pelle.

Pochi istanti dopo, l'uomo esce e mi nota subito. «È stato più facile del previsto. Sei proprio un pivello» dice sarcastico, mentre si avvicina tutto tronfio.

«Ma davvero?»

«Dov'è la ragazza?»

«Perché non te la cerchi da solo, visto che sei così bravo?»

Senza dargli il tempo di realizzare ciò che sta succedendo, lo colpisco con un diretto allo stomaco. Mentre boccheggia per la sorpresa, gli assesto un gancio alla mandibola. Cazzo, che dolore! Mi sono quasi slogato il polso. Lo afferro per il bavero e gli sbatto la testa contro lo spigolo del cofano del suo SUV, parcheggiato vicino all'entrata. Si accascia a terra rantolando. Credo di avergli rotto il naso. Fuori uno, almeno per il momento.

«Chi è adesso il pivello, brutta testa di cazzo?» gli dico, prima di avviarmi veloce verso la macchina.

La sua voce flebile mi raggiunge: «Lauren vi troverà, siete morti. Non avete scampo!».

Salgo in macchina e metto in moto.

Cass vede le mie mani sporche di sangue. «L'hai u... ucciso?» balbetta, con le lacrime agli occhi.

«No. L'ho solo messo fuori gioco per un po'.»

«Aiden, perché Lauren cerca anche me? Perché ci vuole morti?» chiede tra i singhiozzi.

Merda, ha sentito le parole di quel bastardo.

«Cass, stai tranquilla. Forse è perché ci hanno visti insieme e pensano che anche tu sappia qualcosa che non dovresti sapere.»

«Ma io non so un bel niente!» grida, esasperata.

Non posso rivelarle come stanno le cose. Non ancora. Per il momento devo solo portarla lontano da Lauren e proteggerla.

«Ecco qui, tieni, metti quello che vuoi» le dico, porgendole la custodia dei CD che tengo nel vano portaoggetti.

Cass si soffia il naso e inizia a passarli in rassegna. «Wow, c'è di tutto. Sono tuoi?»

«Be', sì, non li ho rubati, se è quello che intendi. In venticinque anni se ne accumulano di cose...»

«Piantala, non era quello che intendevo. E piantala di fare l'uomo vissuto con me.»

«Va bene, cara.»

Le faccio l'occhiolino, lei scuote la testa ridendo. Per fortuna sembra un pochino più tranquilla.

Stiamo attraversando una cittadina di cui non so il nome. Passiamo davanti a una palestra e noto che Cass segue l'edificio con lo sguardo.

«A cosa stai pensando?» le chiedo, anche se credo di conoscere già la risposta.

«A Mark. Alla boxe. Alla mia vita.» Sospira. «Tra quanto torneremo, Aiden?»

«Non te lo so dire, Cass. Spero il prima possibile.»

Mi schiarisco la voce e provo a cambiare argomento. «Da quanto tempo ti alleni con Mark?»

«Da quando sono nata, praticamente.»

«Ah, ecco perché hai un culo del genere.»

Mi fissa a bocca aperta. Se gli sguardi potessero uccidere, mi avrebbe appena fatto secco.

«Che c'è, non posso nemmeno farti un complimento?»

«C'è modo e modo!»

«Come sei *per bene*» la prendo in giro.

«Trovi? Sto pensando di farmi un tatuaggio» annuncia, in tono di sfida.

Sgrano gli occhi. Questa non me lo aspettavo. «Un tatuaggio? Tu? Stai scherzando?»

«In realtà l'ho sempre desiderato. E poi voglio ballare sotto la pioggia, guardare le stelle sdraiata sul tettuccio di una macchina oppure su un prato bagnato… Voglio intrufolarmi in un concerto e danzare sulle note di una band che non conosco, voglio… Visto che lo dobbiamo fare, voglio godermi questo viaggio.»

«Quindi secondo te stiamo partendo per un'avventura insieme a Dora l'esploratrice?»

«Che vuoi dire?»

«Non siamo in un film del cazzo, Cass. Non correremo nelle praterie al rallentatore con i capelli al vento. Non stiamo partendo per una vacanza alle Hawaii. Dobbiamo nasconderci, tenere un profilo basso, non farci notare e spostarci continuamente. Non dobbiamo essere rintracciabili, in nessun modo.»

«E come facciamo?»

«Fra poco lo scoprirai.»

Cass

Parcheggiamo in un piazzale gigantesco, vicino all'ingresso di quello che sembra un enorme centro commerciale.

«Che ci facciamo qui? Cercano un commesso scorbutico e che allontani i clienti?» gli chiedo ridendo.

Aiden non mi risponde nemmeno e a passo svelto si dirige verso l'entrata, facendomi cenno di seguirlo. Il posto è sconfinato, ci sono migliaia di stand pieni di vestiti di tutti i tipi.

Aiden va dritto verso il reparto donne. «Scegli qualcosa velocemente, abbiamo pochi minuti e poi dobbiamo ripartire» ordina prima di sparire.

Ma non lo sa che chiedere a una donna di impiegare pochi minuti per comprare dei vestiti è come chiedere a un cane di cantare?

Prendo abiti alla rinfusa senza nemmeno guardare la taglia, e quando lui torna ha in mano qualcosa.

«Tieni» dice passandomi dei leggings di pelle.

«Aiden, non li metterò mai.»

Lui accenna un sorriso e si dirige verso la cassa.

A un certo punto, mi viene un'idea geniale. Forse ho trovato un modo per tornare a casa! «Aiden, vado un attimo a vedere se trovo un paio di mutande»

Lui non mi guarda nemmeno, è troppo impegnato a maledire la signora lentissima e carica di acquisti davanti a lui.

Mi allontano e senza farmi vedere mi avvio all'uscita. Una volta fuori, un senso di libertà mi dà un'energia nuova!

Comincio a correre come non ho mai corso in tutta la mia vita verso la strada. Il mio piano è quello di fare l'autostop, sperando di non incappare in un camionista maniaco, e poi tornarmene a casa. Per la prima volta sarò felice di stare in punizione per almeno quattro mesi.

Corro fino a quando resto senza fiato e le gambe stanno per cedere. Se Aiden mi trovasse, credo che: a) mi ucciderebbe, b) mi riporterebbe in vita e c) mi legherebbe al sedile dell'auto con lucchetto e catene.

Il cielo comincia a scurirsi, e ho la sensazione che tra poco pioverà. Inizio a sospettare di aver commesso un errore, ma in fondo credo che la storia di quel Lauren sia solo una grande cavolata che Aiden si è inventato per rapirmi.

Quindi, Cass, sta' tranquilla e non ti preoccupare.

Dopo quasi un'ora di attesa sul bordo della strada, si mette a diluviare. Passa un'auto ogni quindici minuti e nessuno si degna di fermarsi.

Tiro fuori il cellulare, ma ovviamente è del tutto scarico, morto. E poi chi potrei chiamare?

Se rimango sotto la pioggia mi verrà una polmonite… Sto

per accettare il mio triste destino quando vedo due fari in lontananza, che si avvicinano lentamente. Per fortuna qualcuno ha avuto pietà di me!

Quando la macchina ormai è a pochi metri da me, la riconosco. Non ci posso credere. Il finestrino del passeggero si abbassa e il sorrisino di Aiden mi innervosisce a tal punto che mi viene voglia di prendere a calci l'auto. Faccio un sospiro e provo ad aprire la portiera per salire, ma è chiusa.

«Sai, quando sei sparita ero veramente incazzato, ma poi ha cominciato a piovere... Pensare che eri qua fuori a morire di freddo mi ha tirato su di morale» commenta trionfante.

«Aprimi, stronzo!»

Quando finalmente salgo sull'auto, Aiden torna serio: «Prova a fare una cosa del genere un'altra volta e ti abbandono davvero per strada».

11

Cass

Sto facendo un sogno bellissimo…

Mi trovo in un negozio pieno di cioccolato. Willie Wonka mi accoglie, con un sorriso talmente ampio che sembra riempire tutta la stanza. Mi offre una tavoletta di cioccolato al latte, il mio preferito. Sto per dare il primo morso, con l'acquolina in bocca, quando Aiden mi sveglia bruscamente.

«Sveglia, brutta addormentata, siamo arrivati.»

«Arrivati? Dove? Alla fabbrica di cioccolato?»

Apro gli occhi, del tutto scombussolata. Non capisco nulla per almeno cinque minuti. I miei capelli sono ancora umidi, ma per fortuna i vestiti sono quasi asciutti.

«No, niente Johnny Depp, mi spiace.»

Fuori dal finestrino c'è il nulla. Sto letteralmente osservando un deserto.

«Ma dove siamo?»

Aiden non mi sente, è già sceso dalla macchina e si sta dirigendo verso il portabagagli. Lo seguo e vedo che tira fuori un enorme sacco nero, di quelli per la spazzatura. Poi prende lo zaino e se lo mette in spalla.

«Vuoi accamparti qui?» chiedo, perplessa.

Aiden comincia a camminare verso… il nulla. Non mi risponde neanche, è concentratissimo. In realtà la direzione non ha nessuna importanza, il deserto che ci circonda sembra sconfinato, si estende a perdita d'occhio. Non mi resta che continuare a seguirlo.

Quando ormai la macchina è solo un puntino nero e le gambe cominciano a farmi male, finalmente Aiden scarica tutto davanti a una vecchia costruzione, dispersa nel bel mezzo del nulla, poi estrae dei pezzi di legno dallo zaino e armeggia un po' per accendere un fuoco.

«Perché fai un falò?»

«Togliti i vestiti.»

«Ti sei bevuto il cervello, per caso?»

«Cass, fa' come dico.»

Quando usa quel tono è meglio non contraddirlo, però mi sta chiedendo una cosa assurda. «E dovrei andarmene in giro in mutande?» obietto.

«Certo che no. Aspetta…»

Tira fuori dal suo zaino di Mary Poppins i leggings di pelle che mi ha preso al centro commerciale e una canottiera nera davvero striminzita.

«Non indosserei mai questa roba.»

«Ed ecco perché l'ho scelta. In macchina c'è anche una giacca, stai tranquilla.»

«Fammi indovinare, è di pelle anche quella.»

«Esattamente. E ti ho portato un regalino.»

Mi porge la mia borsa a tracolla. Oh, quanto mi è mancata!

«Le mutandine e i calzini puoi tenerli» aggiunge con un sorrisino scemo.

«Che gentiluomo» dico ironicamente.

Sospiro e tolgo la felpa, e il piccolo poster di DiCaprio che tengo sempre ripiegato in tasca cade a terra. Sta per essere portato via dal vento, ma Aiden lo afferra al volo.

«Ma sei seria? Ti porti dietro un poster di questo tizio?»

«È un portafortuna e…»

«D'accordo, se porta davvero fortuna lo incornicio e mi inchino davanti a lui ogni sera prima di andare a dormire.»

Alzo gli occhi al cielo e gli strappo di mano il mio amato Leo.

«Dove mi cambio?»

«Non mi dire che ti vergogni a spogliarti davanti a me. Ti ricordo che ti ho già vista senza vestiti.»

Lo fulmino con lo sguardo.

«Dài, scherzo, dentro c'è un bagno. Sta' tranquilla, io resto fuori di guardia.»

Le mie guance diventano incandescenti senza che io possa controllarle, e non riesco a muovermi. Aiden se ne accorge, sospira e si passa una mano sulla faccia. Sembra molto stanco. Si gira, dà le spalle alla baracca e poi alza le mani in segno di resa. «Vai, forza. Giuro che non vengo finché non mi chiami.»

«Se solo provi a farlo ti uccido.»

«Se Leo ti porta fortuna, magari ci riesci…»

Sbuffo ed entro nella casupola; all'interno è sorprendentemente carina, un po' impolverata ma a suo modo accogliente. Meglio comunque che stare in macchina, questo è certo. Il bagno è piccolissimo e mi spoglio così velocemente che, se qualcuno mi osservasse, penserebbe che sono una pazza psicopatica o una sfigata colossale. La finestra del bagno è pressoché distrutta. Ho qualche difficoltà con i leggings di pelle, che faticano a scivolare sulle mie gambe. Comincio a sudare.

«Hai finito? Ti sento ansimare, sei sicura che ti stai vestendo?» Sento Aiden ridere.

«Sei un pervertito. E comunque questi pantaloni sono un inferno da infilare.»

«Lo so benissimo. Per fortuna che il mio periodo punk è finito da un pezzo. Basta, mi sono rotto.» Aiden entra e mi copro subito il reggiseno con la canottiera che non ho ancora indossato.

«Ehi! Avevi promesso!»

«Tranquilla, non guardo. Non che ci sia molto da vedere, in ogni caso» esclama ridacchiando.

Okay, non avrò una terza, ma non c'è bisogno di mettermi così in imbarazzo.

Mi fa l'occhiolino e raccoglie i vestiti che mi sono appena tolta. Immagino li voglia gettare nel fuoco e… Ehi, un momento… nel fuoco?! I miei poveri vestiti!

«Sei incredibilmente sexy vestita così, Harris.»

«La devi piantare, Walker.»

«Sono serio. Potresti assumermi come personal stylist. Sempre che usciamo vivi da questa storia, certo.»

Malgrado tutto, le sue parole mi strappano un sorriso. E un attimo dopo noto, con un certo stupore, che le pupille di Aiden sono leggermente dilatate. Si passa la lingua sulle labbra e per un secondo sono travolta dall'istinto di saltargli addosso.

La sua voce mi strappa alle mie fantasie. «Sei la ragazza più attraente che abbia mai visto» mormora.

«E tu il più bugiardo!» esclamo senza riflettere. «Dormiamo qui stanotte, nel nulla?» chiedo poi, cambiando discorso.

«No, adesso ripartiamo. Prima, però, devo fare una cosa che non ti piacerà: bruciare pure il tuo cellulare. Anche se è spento o non c'è campo, potrebbe essere rischioso tenerlo con noi.»

«Il telefono no, ti prego!»

«I tuoi chiameranno la polizia, ci metterebbero un secondo a rintracciarci. E anche quello stronzo di Lauren probabilmente dispone di mezzi tecnologici che nemmeno sospettiamo.»

Purtroppo so che ha ragione, così tiro fuori dalla borsetta l'iPhone. Ci ho messo mesi e mesi per convincere i miei a comprarmelo.

«Ciao, amico mio… compagno di mille chiamate, messaggi, foto…»

«Ma piantala, non è mica il tuo cane!»

«Sei un ragazzo insensibile, Aiden.»

Lui si porta una mano sul cuore, fingendo di essere mortalmente offeso. «Così ferisci i miei sentimenti.»

«Come se ne avessi…» ribatto acida.

Guardo per l'ultima volta il cellulare e glielo consegno. La cosa che mi dispiace di più è perdere tutti i ricordi, le foto e i video che avevo salvato. «E il tuo?» gli domando.

«L'ho buttato nel cestino della tavola calda.»

«Ah, okay.»

«Cass, ascoltami. È importante.»

Aiden si avvicina pericolosamente al mio viso. I suoi occhi sono puntati dritti nei miei. «Non dovrai mai, e sottolineo mai, provare a chiamare tua madre, nemmeno da un telefono pubblico. E neanche April o qualcun altro. Promesso?»

Annuisco, confusa, mentre lui mi accarezza dolcemente la nuca.

Torniamo alla macchina e, mentre Aiden carica lo zaino, scorgo nel bagagliaio un oggetto familiare.

«Oddio, ma quella è una Polaroid! Fighissima!» La prendo in mano e lo inquadro.

«Già, ma non provare a farmi una...»

Troppo tardi.

Quando la foto esce, Aiden me la strappa di mano, velocissimo.

«Ehi! Ridammela.»

«Scordatelo, non la rivedrai mai più!»

12

Cass

Ci fermiamo in un motel che sembra tutto tranne che un posto sicuro.

Alla reception ci chiedono naturalmente i documenti e io mi agito tantissimo. Do un'occhiata a Aiden, che al contrario di me sembra del tutto a suo agio mentre aspetta che l'addetto controlli la sua carta d'identità.

Poi, con la voce monocorde e annoiata, l'uomo ci pone la domanda che temevo da un po': «Volete due singole o una matrimoniale?».

Io dico: «Due singole», ma Aiden contemporaneamente risponde: «Una matrimoniale».

Lo guardo imbarazzata e lui mi sussurra all'orecchio: «È solo perché non possiamo permetterci due camere, non ti montare la testa».

Poi si gira di nuovo verso il portiere e dice: «Una matrimoniale con balconcino per fumatori, grazie».

La camera è tutto sommato… decente, anche se in questo posto non mi pare tengano molto all'igiene. Se mia madre fosse qui comincerebbe a pulire ovunque, e non avrebbe tutti i torti. Inoltre, la moquette ha un colore verde vomito e il materasso a una piazza e mezza sembra fatto di marmo.

«Hai intenzione di dormire in piedi, sulla soglia?» scherza Aiden superandomi e posando lo zaino su una poltrona.

Avanzo di un passo e appoggio la borsa su una sedia. «Di sicuro sarebbe più comodo di quel letto» commento.

«Questo posto costa già molto più di quello che possiamo permetterci, Cass. Mi dispiace se sei abituata a dormire in un letto a baldacchino circondata da una montagna di cuscini, principessa. Dovrai adattarti» taglia corto, poi inizia a sbottonarsi i jeans.

«Scusa… che cosa stai facendo?»

«Mi spoglio» risponde inarcando un sopracciglio, come se gli avessi posto una domanda scontata.

«Sì, ma… perché?»

«Sai, ho il brutto vizio di fare la doccia nudo, non con jeans e anfibi.» Ridacchia, scuotendo la testa.

Si sfila la maglietta e, per quanto cerchi di guardare altrove, non riesco a smettere di osservarlo. Ha un tatuaggio sulla pancia, proprio sopra l'elastico dei boxer. È una parola: *Reckless*, cioè "spericolato".

Mi lancia la maglietta bianca che si è appena tolto e, grazie ai miei riflessi a dir poco fantastici, non riesco a prenderla e la lascio cadere a terra.

Lo guardo.

Mi guarda. «Se vuoi puoi metterla per dormire… Dubito che vorrai rimanere in mutande.» Poi sorride, mi fa l'occhiolino e sparisce nel bagno. Poco dopo sento l'acqua scorrere nella doccia.

Speriamo che almeno non finisca tutta l'acqua calda.

Sto per togliermi i vestiti quando mi rendo conto che, effettivamente, non ho un pigiama da mettere. «Aiden?» urlo per farmi sentire.

«Sì?»

«Non è che avresti anche dei pantaloni per dormire?»

«Chi è lo sfigato che usa i pantaloni per dormire?»

«Ehm, io!»

«Non intendo saltarti addosso, Harris. A meno che tu non lo voglia, sia chiaro.»

Sospiro e mi siedo sul letto. Fisso i due cuscini bianchi e accarezzo la coperta ruvida, mordendomi un labbro. Spero non pensi che andrò a letto con lui. Non ho mai neppure dormito con un ragazzo… se escludiamo la volta in cui a sette anni mi addormentai sul divano con mio cugino mentre guardavamo un documentario sui ragni e altri animali terrificanti. Era fissato con i documentari, ma per fortuna si è trasferito in un'altra città e non sono più obbligata a subire quella tortura. Come mai sono finita a pensare a lui?

«Perché sorridi?» mi chiede Aiden dalla soglia del bagno.

È coperto soltanto da un asciugamano in vita e ha i capelli completamente fradici. Con quelle ciocche umide che gli ricadono sulla fronte e gli occhi arrossati per la doccia è mozzafiato, anche se mi scoccia ammetterlo. Noto che ha dei tatuaggi persino sulle cosce, ma non riesco a decifrare le parole perché sono scritte in una grafia sottile e minuta.

«Nulla, pensavo a mio cugino.»

«Wow, pensi spesso a lui prima di addormentarti?» Aiden trattiene una risata.

«Hai mai pensato di fare il comico? Saresti bravissimo.»

«Il senso dell'umorismo è una delle mie tante doti. Intendi cambiarti oppure vuoi venire a letto vestita? Visto che dormi con i pantaloni del pigiama, mi aspetto di tutto.»

«Okay, esci dal bagno, così mi metto la tua maglia. È l'unica cosa che ho!»

Aiden si siede sul letto e fa un gemito di dolore. «Giuro che se domani mattina ho male alla schiena...»

«Che cosa farai, Aiden? Lascerai una recensione negativa su TripAdvisor?» replico sarcastica.

Mi fa una smorfia e si rialza per andare alla finestra. Probabilmente vuole controllare che non ci abbia seguito nessuno.

Vado in bagno, tolgo i pantaloni di pelle, la giacca, la canottiera e... Il reggiseno lo lascio o lo tolgo? Cosa dovrei fare? Solitamente lo tolgo ma, insomma... non ci si può fidare di Aiden.

Dopo cinque minuti di indecisione opto per tenere il reggiseno e infilo la maglietta. Che però è troppo corta e mi sfiora a malapena il sedere. Torno in camera tirandola verso il basso, cercando di coprirmi il più possibile.

Mi sono sempre sentita a disagio a espormi troppo con i ragazzi, figuriamoci con uno come Aiden. Se volesse potrebbe avere persino le modelle di Victoria's Secret, quelle vere, non quelle che da bambine sognavano di diventarlo.

«Ti stai davvero tirando giù la maglietta? Guarda che non sono un pazzo maniaco.»

Sbuffo e salgo sul letto, dove lui si è già sdraiato. «Su questo ancora non ci giurerei...»

Quando ci siamo entrambi sistemati sotto le coperte, provo a chiudere gli occhi, a immaginare una scena qualsiasi per prendere sonno. Nulla. È come se avessi bevuto dieci caffè.

«Aiden?»

Lo sento borbottare.

«Non riesco a dormire.»

Rimane girato dall'altra parte e in tono ironico ribatte: «Non controllerò se ci sono mostri sotto il letto».

«Su, sono seria. Facciamo un gioco?»

Finalmente si volta. «A meno che non si tratti di giocare a *Cinquanta sfumature di grigio* non sono interessato, grazie.»

«E dài, ne conosco uno fantastico.» Mi metto a sedere e lego i capelli in una coda. «Allora, io mimo un'azione e, se tu indovini la cosa a cui sto pensando, hai vinto. Poi ci invertiamo.»

Mi fissa in silenzio, senza muovere un muscolo.

Comincio a perdere la pazienza. «Allora?»

«Sto decidendo se soffocarti ora con un cuscino e liberarmi del tuo corpo domani mattina oppure abbandonarti semplicemente qui mentre stai ancora dormendo... Okay, penso che opterò per la seconda possibilità, non sia mai che il tuo spirito mi perseguiti dall'aldilà.»

Incrocio le braccia e spengo la luce. «Bene, come vuoi. Spero che quei tipi ti trovino, dopo che mi avrai abbandonato. Almeno io potrò tornare a casa.» Chiudo gli occhi e mi giro dall'altra parte, dandogli la schiena.

Pochi secondi dopo, sento un lungo sospiro. «E va bene, ma solo per cinque minuti.»

Sorrido e mi rimetto a sedere riaccendendo la luce. «Lo sapevo che avresti accettato! Quindi, fammi pensare...»

«Mi sono già pentito. Possiamo tornare indietro al momento in cui tu eri offesa e io stavo per dormire?»

«No. Ecco, ce l'ho! Non indovinerai mai.» Mi alzo in piedi sul materasso e unisco le mani per imitare una pistola, tirando ogni tanto giù la maglietta. Poi scendo dal letto e corro velocemente da una parte all'altra della stanza, facendo qualche capriola. Con il fiatone, torno a sedermi sul letto. «Allora? Cos'ero?»

Aiden ha gli occhi sbarrati. «È stata la cosa più penosa che abbia mai visto.»

«Dài, seriamente, non è così difficile.»

«Un cane in preda alle convulsioni?»

Gli tiro un cuscino. Aiden lo prende al volo, se lo posa in grembo e ci appoggia sopra le braccia.

«Mmm, un cane in calore, allora?»

«Aiden!»

«Okay, mi arrendo. Hai vinto tu. Le tue capacità da mimo sono troppo elevate per i miei pochi neuroni.»

«Ero una spia! Certo che non hai proprio immaginazione, eh.»

Aiden accenna un sorriso. «Diciamo che uso la fantasia in altre situazioni...»

Le mie guance si tingono di rosso fuoco. «Tocca di nuovo a me, quindi...»

«No, te lo scordi. Sono esausto. Buonanotte.» Aiden spegne la luce e torna a sdraiarsi.

Sospiro e poi mi stendo anch'io. Quando fa così non lo sopporto. Pian piano, comincio a sentire le palpebre che diventano sempre più pesanti.

«Cass?»

«Che vuoi?»

«Se hai freddo, non abbracciarmi.»

«Grazie, sei molto premuroso, Aiden.»

«Ricorda che sono pur sempre un ragazzo che dorme accanto a una ragazza mezza nuda.»

Un brivido mi percorre la schiena e sono quasi certa che non dipenda dal freddo. «Va bene, lo terrò a mente.»

«Lo dico per te.» Si gira di nuovo dall'altra parte, lasciando i miei pensieri liberi di vagare nel silenzio e nel buio.

Non mi aspettavo certo di dormire in un motel sporco e puzzolente. Mi manca il mio letto comodo. Vorrei tanto il mio pigiama comodo, la mamma che viene a bussare alla mia stanza per vedere se va tutto bene… Chissà come sta, se ha provato a rintracciarmi, se ha chiamato papà… Saranno preoccupati.

Penso alla foto incorniciata in camera mia. Chissà se avrò mai il coraggio di raccontare a Aiden di Emmett. La sua schiena è proprio davanti a me. Non resisto e la sfioro leggermente con i polpastrelli. È bollente, spero non muoia di caldo durante la notte. Infilo le dita tra i suoi capelli, sono ancora umidi.

«Cass…» lo sento borbottare, e ritraggo subito la mano. «Non scherzare con il fuoco» sono le ultime parole che sento prima di addormentarmi.

LA SCOPERTA

13

Eleonor

Sono nella stanza di Cass, seduta sul letto.

Tra le mani stringo la foto incorniciata a cui lei tiene tanto. La cameretta di mia figlia è diversa, oggi. Stamattina la polizia ha ispezionato ogni angolo, controllato il suo computer, sfogliato i quaderni e i libri di scuola, rovistato nell'armadio e nei cassetti… alla ricerca di qualche indizio. Gli agenti hanno creato un leggero disordine, diverso da quello che avrebbe lasciato lei.

Perché sei sparita, così, bambina mia? Che cosa ti è successo?

Mi vedo riflessa nello specchio, il viso bagnato di lacrime, le borse che circondano i miei occhi, segno della notte insonne e della preoccupazione che mi stringe il petto.

Ho chiamato tutti. April, i compagni di scuola, persino gli amici di un tempo che Cass non frequenta più, almeno quelli di cui sono riuscita a recuperare i numeri. L'ultima persona ad averla vista, ieri pomeriggio, è stato Mark. Mi ha assicurato che Cass era la stessa di sempre, in palestra non si è comportata in modo strano e nessuno l'ha avvicinata. Un allenamento come tanti, in un giorno come tanti.

April ieri non l'ha vista né sentita. Le ho chiesto se sapeva cosa poteva esserle successo, se ultimamente frequentava qualcuno di nuovo. Ma ha detto di no, che non sa nulla. Mi è sembrata agitata, però credo sia normale… La sua migliore amica è scomparsa nel nulla, il cellulare è irraggiungibile. Se fosse una bravata, lei lo saprebbe. Almeno credo, non so più cosa pensare…

La polizia mi ha detto di aver già iniziato a setacciare il quartiere e la città. L'agente Jonas, il detective che si occupa del caso di mia figlia, mi ha assicurato che se non la trovano invieranno foto e generalità di Cass nelle città vicine a Sacramento, per poi estendere le ricerche in tutto lo Stato.

Prendo il cellulare per aggiornare Edward, che è a Budapest in attesa del primo aereo per tornare a casa. Ha reagito molto male, l'ha presa peggio di quanto mi aspettassi. Spero solo che finisca tutto in fretta, non desidero altro che stringere di nuovo la mia bambina tra le braccia.

Sto per comporre il numero quando qualcuno suona alla porta. Mi precipito giù dalle scale con un solo pensiero: *Cass è tornata.*

Ma, quando apro, mi trovo davanti April, in lacrime. «Signora Harris, posso parlarle? Forse so con chi si trova Cass» mi dice d'un fiato, tra i singhiozzi.

«April, calmati. Vieni dentro e raccontami tutto.»

Ci sediamo al tavolo della cucina. April prende un grande respiro e comincia a raccontare. «Allora… il mio ragazzo, Luke Perkins, ha un amico. Lo abbiamo conosciuto una decina di giorni fa, più o meno. Si chiama Aiden Walker. E, insomma, so che a Cass piaceva, anche se non voleva ammetterlo. Forse non voleva confessarlo nemmeno a se stessa. Comunque, quando ho detto a Luke che Cass è scomparsa, lui mi ha riferito che anche Aiden è irrintracciabile da ieri. Quindi ho pensato che, magari, ecco... potrebbero essere insieme.»

La stringo forte tra le braccia. *Non è molto ma è pur sempre qualcosa*, rifletto. «Grazie, April. Questo può esserci davvero d'aiuto. Lo riferisco subito alla polizia, aspettami qui.»

Corro a prendere il cellulare e compongo il numero che trovo sul biglietto da visita che mi ha lasciato il detective Jonas. «Pronto, sono Eleonor Harris.»

«Signora Harris, la stavo per chiamare. Abbiamo novità.»

«L'avete trovata?» chiedo, con il cuore in gola.

«No, ma abbiamo un nome, una pista.»

«Aiden Walker, vero?»

«No, Lauren Abate. È appena stato qui al commissariato un amico di sua figlia, Timothy Perkins, lo conosce?»

«No.» Mi rendo conto solo in questo istante di quante cose di Cass ignoro, ormai.

«Timothy ci ha riferito di aver visto Cass qualche giorno fa, mentre fuggiva da questo Lauren. Pare che lui l'abbia importunata più di una volta e che lei temesse addirittura di essere spiata. Ora, a Sacramento c'è un solo Lauren di età compatibile con il ragazzo di cui parlava sua figlia. Lauren Abate. Stiamo andando a cercarlo, appena ho novità la informo.»

«D'accordo. Grazie, agente Jonas.»

«Ah, signora Harris? Non vorrei allarmarla inutilmente, ma... Insomma, con la famiglia Abate non si scherza.»

14

Cass

La prima cosa che sento al mio risveglio è l'odore acre di caffè. Per un secondo mi dà la nausea, ma poi mi viene in mente che forse insieme al caffè c'è anche del cibo, così mi decido ad aprire gli occhi. Spero con tutto il cuore di ritrovarmi nella mia cameretta, e che sia stato tutto un brutto sogno.

E invece… la camera è la stessa di ieri sera, solo che ora, con la luce che filtra dalle finestre, mi sembra meno lugubre.

Non c'è nessuno, eppure l'impronta di una testa sul cuscino accanto al mio conferma che Aiden ha dormito di fianco a me. Sulla scrivania vicino alla porta c'è una tazza di caffè ancora fumante.

Mi alzo, poso i piedi nudi sulla moquette e silenziosamente mi avvicino alla scrivania.

La porta del bagno si apre di colpo. «Non sapevo che brioche prenderti e ho optato per quella al cioccolato. Di solito il cioccolato piace a tutti.»

«Oddio, mi stava per venire un infarto!» esclamo ridendo.

Aiden indossa i jeans e una maglietta nera. Dal profumo di menta che c'è nell'aria deduco che si sia appena lavato i denti.

Prendo una sorsata di caffè. È incredibilmente amaro.

«Fa schifo, vero?» chiede Aiden divertito.

«Non c'era lo zucchero?»

«È stato già tanto trovare il caffè, accontentati» replica lui.

Mi limito a rispondere con una smorfia di disgusto.

Aiden si siede sul letto e comincia a infilarsi gli stivali neri. «Cass, vuoi ancora farti quel tatuaggio?»

Per poco non mi strozzo con il caffè. «Eh? Cosa?»

«Preparati. Ti porto in un posto, e poi proseguiamo per Los Angeles.»

Questa cosa del tatuaggio mi mette in agitazione. Chissà, forse sta solo scherzando, vuole mettermi alla prova. Con Aiden non si può mai sapere…

Mi infilo sotto la doccia e provo a tranquillizzarmi. Rimango immobile sotto un getto d'acqua ridicolo, cercando di rilassarmi, e invece ottengo l'effetto opposto; sono così presa dai miei pensieri che, quando mi ricordo di dover fare ancora lo shampoo, resta solo poca acqua tiepida. Finisco in fretta e mi asciugo. Tengo i capelli umidi… ormai sembra essere l'unica costante della mia vita.

Saliamo in macchina e in mezz'ora circa raggiungiamo il posto di cui mi parlava Aiden. Mi sembra un po' troppo centrale, considerando che siamo due fuggiaschi che si stanno nascondendo.

Mi dico che Aiden sa quello che fa. O almeno lo spero.

Siamo in piedi, l'uno accanto all'altra, e fissiamo l'insegna al neon sopra l'ingresso che recita TATTOO.

Le mie mani hanno continuato a sudare per tutto il tragitto e ho paura che, guardando Aiden negli occhi, lui capirà che sono terrorizzata. Sta fumando una sigaretta, tanto per cambiare.

«Siamo qui fermi a fissare la porta da dieci minuti. Sei proprio sicura di volerlo fare?»

«Sì.» La mia voce trema leggermente.

«Va bene. Sei pronta?»

«Non ancora.»

«Okay.»

Dopo cinque secondi, Aiden butta il mozzicone per terra e mi chiede: «Ora sei pronta?».

Lo prendo per un braccio e apro la porta. «Sì, andiamo.»

Il posto è esattamente come quelli che si vedono nei film, pieno di foto di tatuaggi appese, pareti colorate e una postazione illuminata con una poltrona e uno sgabello. Sopra la poltrona c'è un cliente, il tatuatore è concentratissimo sul disegno che sta tracciando con la macchinetta.

Aiden gli va incontro e l'uomo alza lo sguardo. Quando lo riconosce, i suoi occhi si illuminano e posa quell'aggeggio infernale. «Ross! Come stai, amico?»

«Figliolo, che sorpresa! Sono secoli che non ci vediamo!»

Si scambiano un abbraccio veloce.

«Lo so, ultimamente sono stato occupato. Lei è Cass.»

Aiden mi guarda e mi fa cenno di avvicinarmi.

Ross mi squadra dalla testa ai piedi. «Wow, che spettacolo! Sei fortunato, Aiden, è raro trovare ragazze così oggigiorno. È un vero piacere, Cass.»

Mi stritola la mano e io gli rivolgo un sorriso imbarazzato. Probabilmente pensa che io e Aiden stiamo insieme.

«Già, anche se è una vera forza della natura, imprevedibile.»

Aiden mi strizza l'occhio, ma io sono così a disagio che evito il suo sguardo.

«Quindi, Cass, vuoi farti un tatuaggio?»

Annuisco.

«Vieni con me. Dai un'occhiata e fammi sapere se trovi qualcosa che ti piace. Io qui ho quasi finito» dice, indicando il cliente che ha abbandonato per venire da noi.

Scorro rapidamente il catalogo, ma in realtà ho ben chiaro il disegno che voglio farmi. «Ho deciso» annuncio.

Aiden mi fissa con il sopracciglio inarcato. «Wow, Speedy Gonzales...»

«Voglio tatuarmi una mezza luna.»

Mi aspetto che Aiden cominci a prendermi in giro, invece si limita ad annuire, pensieroso. «E che cosa dovrebbe rappresentare?»

«Da piccola passavo ore e ore a guardare la luna, e, quando era a metà, avevo l'impressione che sorridesse. Papà diceva che sorrideva solo alle bambine che si comportavano bene.»

«Peggio della storia di Babbo Natale...» commenta Aiden.

Dopo pochi minuti Ross è finalmente libero. Gli indico con decisione il punto in cui voglio il tatuaggio: sul polso destro. E poi passo la mezz'ora più brutta della mia vita. Penso di non aver mai provato un dolore così grande, eppure sono convintissima di ciò che sto facendo.

«*Et voilà!*» esclama Ross, sollevando l'ago dalla mia pelle. Il tatuaggio è bellissimo.

«Grazie mille, Ross, è perfetto.» Gli rivolgo un sorriso sincero.

«Sai che ti dico?» mi fa Aiden.

Inarco un sopracciglio, pronta a sentire una delle sue solite sparate sarcastiche.

«Me lo faccio anch'io, un tatuaggio.»

Aiden mi costringe ad aspettare dietro la tenda dello studio, e non vuole nemmeno dirmi che tatuaggio vuole farsi. «È una sorpresa.» Mi liquida così.

Rimango per tutto il tempo in piedi, i leggings di pelle sono scomodissimi, non so davvero cosa spinga la gente a indossarli.

Mi incanto a guardare i cataloghi e le fotografie dei tatuaggi fatti da Ross, che è un vero artista. Alcuni sono davvero splendidi.

Aiden

Appena Cass si allontana, prendo Ross da parte.

«So perché sei qui, figliolo, ma non sono sicuro di poterti dare le risposte che cerchi.»

«Voglio solo sapere dov'è papà. Ho bisogno di lui.»

«L'ultima volta che l'ho sentito è stato due anni fa. Ho provato a rintracciarlo nell'ultimo anno, ma il cellulare è sempre spento.»

«Non hai la minima idea di dove possa essere?»

Ross si fruga nelle tasche in cerca di qualcosa, trova il portafoglio e tira fuori un pezzo di carta. Ci scrive sopra un numero di telefono.

«Di chi è?» chiedo mentre mi porge il biglietto.

«È della tua matrigna. Lei è l'unica che può sapere la verità. Sei un bravo ragazzo, Aiden, e so per certo che tuo padre ti ha sempre voluto un gran bene.» Mi dà una pacca sulla spalla con le sue mani enormi e mi passa il catalogo.

«Oh, no, so già cosa tatuarmi» dico.

Cass

Dopo un'eternità, Aiden spunta da dietro la tenda.

«Dove lo hai fatto?» Gli vado incontro saltellando.

L'espressione di Aiden è indecifrabile, come sempre, quando non vuole far trasparire i suoi pensieri. Ogni tanto ho l'impressione che interpreti un personaggio. Quando insieme a noi ci sono altre persone sorride, fa lo spaccone e non sta fermo un attimo. Invece, se siamo da soli, è praticamente un'altra persona. Sembra quasi... dolce? Tenero? Okay, "tenero" forse è un po' esagerato.

«Non te lo dico.» Mi fa la linguaccia e, dopo aver saluto Ross, esce dallo studio.

15

Cass

Viaggiamo per tutta la mattina; ci fermiamo solo per il pranzo in una tavola calda lungo la strada. Io ordino del pollo alla griglia con patatine, Aiden un cheeseburger. Poi ci rimettiamo in macchina e mi addormento quasi subito.

Mi risveglio con un dolore assurdo alla base del collo, completamente intorpidita. Ho la sensazione di essere in viaggio da un mese.

«Quanto ho dormito?» chiedo, stiracchiandomi.

«Un paio d'ore, più o meno» risponde Aiden. «Dobbiamo fermarci a far benzina, siamo a secco» annuncia poi, alzando la voce: ha abbassato il finestrino per poter fumare, e l'aria fa un fracasso incredibile.

«Okay.»

«Okay cosa?»

«Cosa dovrei dire? Che sono contenta di far benzina?» rido.

Aiden non accenna neanche mezzo sorriso e resta in silenzio. Guarda fisso la strada.

«Ti hanno mai chiesto se sei bipolare?»

Bene, ho guadagnato la sua attenzione. Mi lancia un'occhiata, poi tira su il finestrino. Probabilmente ha fiutato un possibile litigio e vuole concentrarsi sulla conversazione.

«Cosa vuoi dire?»

«Nel senso, un minuto prima sei dolce e carino e quello dopo sei acido come lo yogurt.»

«Da quando in qua lo yogurt è acido?» mi chiede trattenendo un sorriso.

In effetti ho scelto proprio un pessimo esempio.

Quando Aiden vede che non replico, aggiunge: «Capisco, si vede che quello nel tuo frigo lo lasci sempre scadere».

«Sei proprio uno stronzo» replico.

Lui mi guarda e finalmente mi concede un sorriso vero. Irresistibile. «Lo so.»

Non appena avvista una stazione di servizio ci fermiamo. Aiden scende a fare benzina, lasciandomi da sola nell'abitacolo. Frugo fra i CD alla ricerca di qualche album decente. C'è tanta musica rap, che io non sopporto, ma poi trovo un disco degli Oasis e soddisfatta lo inserisco nel lettore. Parte la prima traccia e chiudo gli occhi, ascoltando la canzone in pace.

Quando li riapro, noto qualcosa di insolito nello specchietto retrovisore: un SUV nero, che si avvicina a passo d'uomo verso di noi. Per fortuna in quell'istante la portiera del guidatore si spalanca e Aiden risale in macchina.

«Cos'è 'sta merda?» chiede con una smorfia, accennando allo stereo.

«Aiden, ho paura che ci abbiano trovati» dico in un soffio, la voce che trema.

Aiden segue il mio sguardo e impreca. «Tieni, metti il mio

portafoglio in borsa, non riesco a infilarlo in tasca.» Me lo lancia in grembo mentre avvia il motore e preme l'acceleratore.

«Ci credo, con quei jeans è già tanto se non ti si blocca la circolazione.»

«Cazzo, ma ti sembra il momento di fare battute?!» sbotta.

Resto zitta e faccio ciò che mi ha chiesto. Poi lego i capelli in una coda.

Aiden stringe il volante così forte che le nocche gli diventano bianche. Appena sgomma via dalla stazione di servizio e si immette sulla strada, scopriamo con enorme sollievo che il SUV non ci segue e si sposta alla pompa che abbiamo appena liberato.

«Okay, falso allarme. Porca puttana, me la stavo facendo sotto...» dice Aiden con una risata nervosa, dando una pacca al volante con il palmo della mano.

Già, il pericolo è scampato, ma per quanto tempo? Sarà colpa dell'adrenalina che scende, ma mi sento davvero a terra, ora.

«Questa storia non finirà mai, vero?» domando, con le lacrime agli occhi. «Finirà solo quando ci prenderanno.»

«Non lo so, Cass» sospira Aiden. «Ma farò tutto il possibile per evitarlo, te lo prometto.»

Ci fermiamo pochi chilometri dopo a un'altra stazione di servizio.

«Devo fare una chiamata da un fisso» spiega Aiden.

«Ma non hai detto che non possiamo...»

Lui non sembra nemmeno ascoltarmi; esce dall'auto e guardandosi attorno sgancia la cornetta.

Sono più di due ore che siamo ripartiti dalla stazione di servizio. Ho proposto a Aiden di dargli il cambio, ma ha detto che in caso di emergenza non saprei seminare un eventuale inseguitore, e ha ragione. Quindi me ne sto qui, confinata sul sedile del passeggero, provando a fare un po' di conversazione. Magari riesco a scoprire qualcosa di più sul suo passato… Ma da quando è tornato in macchina dopo la telefonata sembra sconvolto, e non ha voluto dirmi chi ha chiamato.

«Come mai vivi a Sacramento da solo?»

«C'è Luke, non sono da solo.»

«Voglio dire, non hai altri parenti?» chiarisco, anche se sono informazioni che conosco già grazie a Sam.

«No. Vivono in Inghilterra. E comunque non ho più rapporti con loro.»

«Come mai?»

«Ne dobbiamo proprio parlare?»

«No, se non ti va. Continua pure a fare l'uomo del mistero» ribatto, scherzando.

«Non c'è poi molto da sapere su di me, Cass.»

Alzo le spalle. «Tutti hanno una storia.»

«Sì, e non tutte sono a lieto fine.»

Poco dopo attraversiamo il centro di una cittadina che riconosco. Ci sono stata da piccola, più di una volta. Manca poco a Los Angeles. «Aiden, guarda! Ci sono le bancarelle… è pieno di gente.»

«Interessante… E perché me lo stai dicendo?»

«Non possiamo farci un salto?»

Aiden scoppia a ridere. «Bella questa!»

«Sono seria!» replico.

«Allora la risposta seria è no. Questione chiusa» dice, categorico.

Cinque minuti dopo lo sto trascinando da una bancarella all'altra. So essere molto persuasiva, quando mi impegno. Non posso dire che lo stia facendo volentieri, ma ho usato un'argomentazione validissima: guidava da troppo tempo e doveva staccare per un po'. Senza contare che un luogo affollato è più sicuro della solita tavola calda deserta.

Mi fermo a una bancarella che vende braccialetti e collane personalizzati. Una donna sui cinquant'anni sta incidendo il nome di un uomo su una piastrina di metallo, simile a quella dei militari. Mi metto in coda dietro di lui e aspetto il mio turno.

«Perché stai qui impalata? Se hai intenzione di regalarmi un braccialetto di perline, grazie del pensiero, ma passo.»

«Come sei egocentrico... Il mondo non gira intorno a te, te l'hanno mai detto?»

«Come preferisci. Tu resta pure, io vado a prendermi una birra» dice allontanandosi mentre accende una sigaretta.

Lo saluto con un cenno, che lui naturalmente non vede. Quando finalmente è il mio turno, la donna della bancarella mi rivolge un sorriso caloroso. «Ciao, cara. Che cosa vuoi? Un braccialetto, una collanina...?»

«Vorrei incidere un nome su una piastrina, come ha fatto il cliente di prima.»

«Ma certo, scegli pure la misura della catenina. Che nome vuoi incidere?»

«Emmett, grazie.»

Quando Aiden mi raggiunge con una lattina in mano, la donna mi consegna la collanina, già pronta.

«Fammi un po' vedere che stupidaggine hai comprato...» mi dice sarcastico mentre pago.

«Neanche per sogno. La "stupidaggine", come la chiami tu, è una cosa privata.»

Infilo la collanina e nascondo la piastrina sotto la canottiera. La donna mi porge il resto e dà un'occhiata a Aiden, aggiungendo: «Siete anche voi qui per il festival? Ha attirato moltissimi ragazzi della vostra età».

«No... dov'è?» risponde lui, e avverto un filo di tensione nella sua voce.

«Poco lontano da qui» risponde lei, indicando una strada. «Il primo concerto dovrebbe iniziare tra poco. Ed è gratuito, quindi se non avete fretta potreste farci un salto» conclude.

Mi giro verso Aiden e gli rivolgo un sorriso a trentadue denti.

«Scordatelo. Muovi il culo e torniamo alla macchina» esclama lui senza darmi il tempo di parlare.

«Aiden, per favore! Non sono mai stata a un festival!» lo supplico.

«Per l'ultima volta, no.»

«Perché no? Siamo già qui... Che differenza fa ripartire subito o tra un'ora? Non dobbiamo assistere a tutti i concerti.»

«Perché non è prudente. E perché sono stanco. Un concerto pieno di gente e di confusione è davvero l'ultima cosa di cui ho voglia in questo momento.»

«Cavolo, Aiden, hai venticinque anni e parli come un vecchio con un piede nella fossa! Per favore, ci tengo tantissimo. E poi l'hai visto anche tu, non ci segue più nessuno!»

«Non è detto. E se insisti ancora salgo in macchina e ti lascio qui in mezzo alla strada!»

Dieci minuti dopo, stiamo entrando nel locale dove si tiene il concerto. Non è enorme, ma è stato allestito un bel palco che potrebbe ospitare tranquillamente duecento persone. Mentre ci facciamo largo in mezzo alla folla lancio un'occhiata a Aiden: non mi sembra proprio euforico e posso capirlo.

Tutte le ragazze che incrociamo lo fissano e cercano di attirare la sua attenzione. Tra quelli presenti, lui è senza dubbio il ragazzo più bello.

«E dài, Aiden, fammi almeno un sorriso... Concentrati sul lato positivo delle cose.»

«L'unico lato positivo di questa cosa sarebbe una birra gratis.»

«Va bene, te la offro io!»

Lo prendo per mano e lo trascino al bancone. Ordino due birre per lui e una Coca-Cola per me, e gli propongo di fare a gara a chi finisce per primo. Inutile dire che mi batte senza nessun problema.

Inizia il concerto. Non ho la minima idea di quale band stia suonando, ma è davvero, davvero fortissima. Comincio a saltare, urlare, ridere... Non mi sono mai divertita così tanto e persino Aiden si lascia andare, fischia, batte le mani e scambia battute con le persone che abbiamo vicino.

La sesta canzone è una ballata molto romantica. Mi guardo intorno: sono letteralmente circondata da coppiette che ballano avvinghiate e si baciano. Sto per girarmi per controllare se Aiden è ancora accanto a me, quando sento che mi abbraccia da dietro. Il suo alito è inconfondibile: menta con tracce di birra e tabacco.

Per un po' balliamo così, dondolando, lui alle mie spalle, io con un sorriso incerto che mi incurva le labbra. È un momento perfetto, ma per un secondo mi chiedo come sarebbe se ci fosse Tim al posto di Aiden. Sarebbe tutto molto più semplice, questo è certo.

All'improvviso lui mi bacia sul collo, proprio alla base, sopra la clavicola. Una scarica elettrica mi percorre tutto il corpo. È una sensazione troppo intensa e... familiare in un modo assurdo. Come se l'avessi già vissuta. Forse l'ho sognata.

Mi giro pian piano verso di lui. Le sue mani sono sui miei fianchi, i suoi occhi azzurri fissano i miei. La sua bocca è socchiusa, umida, più rossa e carnosa del solito. Ci avviciniamo sempre di più, il nostro respiro si fonde.

Aiden mi posa una mano sulla guancia, delicatamente, accarezzandomi lo zigomo con il pollice. Le nostre labbra stanno per sfiorarsi... quando un tipo ubriaco di passaggio inciampa e ci versa la birra addosso.

Non ci posso credere. Deve essere uno scherzo.

«Ma che cazzo fai?!» gli dice Aiden, allargando le braccia.

La mia canottiera è completamente fradicia, per non parlare dell'odore di birra che ho addosso. Cerco comunque di calmarlo mettendogli una mano sulla spalla. «Non fa niente, vado in bagno a sciacquarmi.»

Aiden annuisce, ma non sono certa che mi abbia sentito, dato che è troppo occupato a guardare a bocca aperta i suoi vestiti fradici.

Ci metto un po' a capire dove sia il bagno e quando lo trovo tiro un sospiro di sollievo.

Entro ed è stranamente deserto, c'è soltanto una ragazza che si sta ritoccando il rossetto. Mi lancia un'occhiataccia ed esce, lasciandomi sola.

«Wow, in questa città sono tutti molto amichevoli, eh?» commento a voce alta mentre mi sistemo davanti al lavandino. Appoggio la borsa sul ripiano e mi guardo allo specchio.

Sorrido quando vedo che le mie guance sono rossissime. Sicuramente è colpa del caldo. Ma con ogni probabilità c'entra anche il fatto che io e Aiden stavamo per baciarci. Ma cosa mi è passato per la testa? È più grande di me e siamo diversissimi... il giorno e la notte. Un bacio avrebbe solo complicato le cose.

Maledizione.

Apro l'acqua e comincio a sfregare la canottiera. L'odore di birra mi dà la nausea.

«Se vuoi ti do una mano a toglierla.»

Sobbalzo per lo spavento. Sulla soglia c'è Lauren.

Non è possibile. Questo è un incubo.

Tira il chiavistello della porta. «Così nessuno ci disturberà, Cass.»

Sono paralizzata, non riesco a muovermi. Cerco di richiamare alla memoria le mosse di boxe che ho imparato negli anni.

Nulla. La mia mente è vuota.

Venire qui è stata un'idea pessima, Aiden aveva ragione.

«Fammi uscire» dico, indicando la porta.

«Tempo al tempo. Sai, ti osservavo, là fuori. Tu e quel tipo, siete proprio una bella coppia.»

«Non stiamo insieme» ribatto e mi pento subito di averlo detto. *Quanto sei imbecille, Cass?!*

Lauren fa un sorrisino sghembo. Ha la barba lunga di qualche giorno e i capelli sporchi. «Meglio così, allora.» Si stringe nelle spalle e avanza di un passo verso di me.

«Se ti avvicini, urlo. Sei un fottuto psicopatico!» esclamo.

Per ogni mio passo all'indietro, lui ne fa uno in avanti. Finché le mie spalle non toccano il muro ghiacciato. Sono spacciata. Non ho vie d'uscita.

C'è solo un modo per scamparla, rifletto, e aspetto che si avvicini abbastanza.

«Togliti la canottiera» ordina con voce dura.

Serro la mascella e mi sfilo la canottiera velocemente.

I suoi occhi mi studiano lentamente centimetro per centimetro. Si avvicina ancora e mi sistema una ciocca di capelli dietro l'orecchio. «Finalmente, Cass» mormora.

Sento il suo alito sul viso e provo un moto di ribrezzo.

Fuori dal bagno la musica si interrompe e parte l'applauso del pubblico. Immagino che il concerto stia per finire.

È il momento giusto.

Ora o mai più.

Con tutta la forza che ho nella gamba, gli do un calcio dritto nelle parti basse.

Lauren grida di dolore e si piega sulle ginocchia. Io faccio uno scatto felino e mi precipito verso la porta. Per fortuna ho ancora la canottiera in mano.

Cerco di aprire il chiavistello, ma è troppo duro e non si sposta di un millimetro.

Comincio a battere i pugni e urlare: «Aiuto! Aiuto!». Qualcuno dovrà pur venire in bagno, qualcuno mi sentirà...

All'improvviso mi sento afferrare da dietro.

«Non puoi sfuggirmi, Cass. Sei mia!» mi grida Lauren all'orecchio, rabbioso.

«Lasciami!» strillo, ma lui mi stringe talmente forte che resto senza fiato e mi gira la testa. «Va bene, lasciami e parliamo» boccheggio.

Lauren allenta la presa, e poi succede tutto molto in fretta. Riesco ad assestargli una forte gomitata nello stomaco, lui arretra e io mi avvento sul chiavistello con tutte le energie che mi rimangono.

Si apre!

Spalanco la porta e mi ritrovo davanti un gruppo di ragazze che aspettava di entrare.

«C'è un maniaco!» grido. «Mi voleva violentare!»

Il fatto che io sia in reggiseno e che abbia la canottiera in mano mi rende molto credibile.

Mi fiondo tra la folla, sperando che Lauren venga linciato, e corro a cercare Aiden. Lo trovo nel punto in cui eravamo prima, dove stavamo per baciarci. «Aiden! Lauren è qui! Dobbiamo scappare.»

Gli basta darmi un'occhiata, poi mi afferra per un polso e ci facciamo largo tra il pubblico, verso l'uscita. La folla intorno a noi mi opprime.

«Mi viene da vomitare» singhiozzo.

Appena siamo fuori, Aiden mi aiuta a infilare la canottiera, si toglie la giacca e me la posa sulle spalle nude.

L'aria fresca mi fa stare subito meglio, lì dentro mi sembrava di soffocare.

Saliamo in macchina alla velocità della luce, neanche il tempo di mettere la cintura e Aiden parte a tutta velocità. Non posso fare a meno di notare il SUV nero parcheggiato a pochi metri di distanza.

Nessuno dei due parla e Aiden fuma almeno tre sigarette di seguito. So che dovrei dire qualcosa, ma è come se avessi le parole bloccate in gola. Appoggio la testa al finestrino. Chiudo gli occhi e senza nemmeno accorgermene mi addormento.

Mi sveglio poco dopo con lo stomaco che brontola. Come mi manca il cibo che preparava mia mamma... e come mi manca il mio letto comodo.

A un tratto, un dubbio mi attraversa la mente. Spalanco gli

occhi e guardo a terra, sul tappetino dell'auto. E sui sedili posteriori.

No, non è possibile.

«Merda, merda, merda!»

«Che c'è?» mi chiede Aiden, preoccupato.

«La borsa. La mia borsetta a tracolla. L'ho lasciata in bagno!»

16

Cass

«Cass, dimmi che stai scherzando.»

Aiden ha appena fermato la macchina sul ciglio della strada. Per un secondo ho paura che possa tirarmi un pugno: ha gli occhi chiusi e le narici dilatate, ce la sta mettendo tutta per mantenere la calma. Alla mia destra vedo l'oceano, finalmente. Se non ci trovassimo in questa situazione, sarebbe un panorama bellissimo.

«No. Dovevo difendermi e...»

«Il mio portafoglio. Il mio cazzo di portafoglio era dentro la tua borsa.»

Sto zitta. So che parlando peggiorerei la situazione.

Aiden dà un pugno al volante. «Porca puttana, ora mi spieghi come cazzo facciamo?! Non abbiamo soldi... né documenti. Li troveranno e la polizia saprà che siamo stati lì.» Ora sta urlando, e io ho i brividi. «Ma dove hai la testa?» esclama, sferrando un altro pugno al volante.

Adesso però sta esagerando. «Scusa tanto se un maniaco psicopatico stava per violentarmi in un bagno pubblico! E scusa se mentre cercavo di fuggire il mio primo pensiero non è stato il tuo stupido portafoglio!» Non sono abituata ad alzare la voce e il mio tono sorprende Aiden quanto me. «Sei persino più stronzo di quanto pensassi!»

Aiden mi rivolge un sorriso amaro. «Be', l'errore di valutazione è tuo. Io non ho mai cercato di apparire come non sono.» Si passa le mani sulla faccia, tra i capelli, e scende dall'auto. Sbatte la portiera talmente forte che temo possa averla rotta.

Lo osservo dal finestrino. Ha parcheggiato proprio accanto alla spiaggia. Sento da qui il rumore delle onde che si infrangono sulla battigia.

Aiden dà un calcio a una duna di sabbia e lo sento imprecare. Si incammina verso la riva. Ormai è quasi buio, la flebile luce arancione del tramonto inoltrato illumina debolmente la sua figura che si allontana tra le palme.

Faccio un sospiro e guardo la benda, ormai sporca, che nasconde il mio tatuaggio e la tolgo lentamente. Se giro il polso, sembra che la luna mi sorrida per davvero. Con il mignolo sfioro i contorni del disegno. Se sopravvivrò a tutto questo, la prima cosa che dovrò fare sarà trovare un modo per dirlo ai miei genitori.

Ma adesso cosa succederà? Dormiremo in auto per sempre? E cosa mangeremo? Forse potrei imparare a cantare e chiedere l'elemosina per strada…

Questi pensieri rischiano di farmi venire il mal di testa, così apro la portiera ed esco. Dato che fa fresco, prendo la giacca. Non so come faccia Aiden a stare con le braccia scoperte.

Cammino finché non lo raggiungo. Mi siedo proprio accanto a lui. La sabbia è morbida, siamo le uniche persone in spiaggia. I colori del tramonto sono uno spettacolo e nel cielo sopra di noi si possono scorgere le prime stelle.

Aiden ha un'espressione indecifrabile, afferra manciate di sabbia per poi lasciarla filtrare tra le dita.

«Sai» dico, spezzando il silenzio, «il mio vero nome è Cassiopea. Nessuno lo sa, a parte i miei genitori, ovviamente.»

Aiden non mi guarda neppure.

Continuo a parlare: «Cassiopea è un nome importante. Nel senso, è una costellazione che rappresenta la regina di Etiopia, e da piccola decisi che solo chi meritava un posto importante nel mio cuore avrebbe saputo il mio nome».

Vedo Aiden accennare un leggerissimo sorriso. Forse sta funzionando. «Quindi occupo un posto importante nel tuo cuore?» chiede, ironico.

«No. Ma se io dovessi morire e tu sopravvivere, potresti svelare a tutti il mio segreto» scherzo.

Aiden si volta e mi prende il viso tra le mani. «Tu non morirai, Cass. Non dirlo neanche per scherzo.» Ha gli occhi lucidi. Li chiude per un istante prima di tornare a guardare il mare.

«Mio padre ha sempre viaggiato tanto, non c'è mai stato per me» continuo. «Non c'era agli incontri di boxe, alle riunioni con gli insegnanti, alle mie feste di compleanno... La mamma mi ha raccontato che anche prima che io nascessi era quasi sempre da sola. Di sera le piaceva rifugiarsi sul tetto e restare lì a osservare le stelle per ore. Una notte, aveva visto una stella cadente e aveva desiderato che le accadesse qualcosa di meraviglioso che le cambiasse la vita. E poi, due giorni dopo, aveva scoperto di essere incinta.»

«Hai realizzato il suo desiderio» commenta Aiden, gli occhi fissi sull'orizzonte.

Questa volta è il mio turno di stare in silenzio. Non ho mai parlato di queste cose a nessuno, prima d'ora. Vedo le spalle di Aiden che si alzano mentre prende un respiro profondo.

«Per me invece è stato diverso. Mia mamma è morta di parto quando mi ha messo al mondo.»

«Oh, Dio, è terribile.»

«Mio padre ne era molto innamorato. Credo che in qualche modo mi incolpasse della sua morte… a livello inconscio, intendo. Ha passato la mia infanzia a evitarmi, perché diceva che gliela ricordavo troppo. Con il tempo si è rifatto una vita e ha sposato un'altra donna, un'americana. Non abbiamo mai avuto molto feeling, ma ci tolleravamo a vicenda. A un certo punto, durante la mia adolescenza, le cose hanno cominciato ad andare male. Diciamo che io ero abbastanza ribelle e ho iniziato a frequentare compagnie che a loro non piacevano, così hanno pensato bene di trasferirsi dall'Inghilterra a Sacramento. Pensavano che lì la situazione si sarebbe sistemata, e invece le cose sono peggiorate. Appena ho compiuto diciotto anni se ne sono andati. Spariti nel nulla, da un momento all'altro. Non so dove siano andati, non mi hanno lasciato neanche un biglietto.»

«E poi? Cos'è successo?»

«Ho dovuto lavorare per pagare la casa, ma la pressione era troppa. Ho iniziato a soffrire d'insonnia e ad andare per locali. Una notte, in discoteca, ho conosciuto una ragazza, Millie. Era bellissima… In confronto, tutte quelle che avevo conosciuto fino a quel momento mi sembravano trasparenti. Abbiamo parlato e ballato, poi mi ha portato nell'hotel in cui alloggiava e abbiamo passato la notte insieme. È stata la prima volta in cui posso dire di aver fatto davvero l'amore con una ragazza. Era una modella e viaggiava molto per lavoro. La mattina dopo mi ha chiesto di accompagnarla su un set fotografico... Ti lascio immaginare quanto mi sentissi fuori posto.»

Cerco di visualizzare nella mente un Aiden più giovane, impacciato e... innamorato: è veramente strano.

«Il fotografo di Millie mi ha notato e mi ha fatto qualche scatto. Io sono stato al gioco, figurati... tanto per divertirmi un po'. Ma Millie ha mostrato subito quelle foto alla sua agenzia, una delle più importanti di New York, che... mi ha proposto un contratto. Io volevo rifiutare, non ero proprio il tipo e quella carriera non mi interessava. Millie però ha insistito, dicendo che così avremmo potuto viaggiare e stare insieme. Senza contare che avrei guadagnato un sacco di soldi. Così alla fine ho accettato e sono partito con lei. Sono stati anni intensi, belli ma anche difficili. Eravamo spesso lontani, e io in fondo non appartenevo a quel mondo. Lo frequentavo solo per stare con lei, e a lungo andare quella vita ha finito per logorarmi. Per provare qualcosa di diverso ho iniziato a stare dall'altra parte dell'obiettivo, e sono diventato un fotografo abbastanza bravo. Durante un servizio ho conosciuto Kendall, una modella che posava per me. Una forza della natura. Lesbica. In quel periodo Millie era all'estero per una serie di sfilate, così io e Kendall abbiamo iniziato a uscire insieme e siamo diventati molto amici. È stata l'unica persona con cui mi sia mai confidato, prima di Luke. E lei mi ha aperto gli occhi: se volevo dedicarmi seriamente alla carriera di fotografo dovevo mollare tutto il resto, e compiere scelte che mi avrebbero anche tenuto lontano da Millie.» Aiden si ferma per un attimo. Durante il racconto quasi non ha preso fiato.

Gli stringo una mano, intreccio le dita alle sue e lo incoraggio a continuare.

«Quando Millie è tornata a casa, ero deciso a dirle che avevo finalmente capito cosa volevo fare nella vita. Ma non ne ho avuto il tempo. Con gli occhi lucidi, mi ha annunciato che aveva appena scoperto di essere gravemente malata. È morta pochi mesi dopo.»

Gli accarezzo la mano con il pollice.

Mi sdraio sulla sabbia e per un attimo mi lascio distrarre dalla sensazione incredibile che si prova a guardare il cielo da questa prospettiva. Mi sembra quasi di avere le vertigini. Cerco di assimilare tutto ciò che mi ha rivelato, anche se non è semplice. Sono un sacco di informazioni, personali e complesse. C'è solo una cosa che voglio sapere.

«Ti manca ancora? Millie, intendo.»

Aiden mi imita e si sdraia al mio fianco. Le nostre spalle si toccano. «Ci siamo trascurati. Io l'ho trascurata. Sai cosa significa questo verbo?»

«Non ne sono più così sicura.»

«Significa non prendersi cura di qualcosa, o di qualcuno, con la dovuta attenzione. Quando vogliamo bene a una persona, Cass, non dovremmo mai trascurarla.»

Annuisco. Restiamo in silenzio per qualche secondo.

«Aiden?» dico poi.

«Sì?»

«Come faremo adesso? Non abbiamo un posto in cui stare e non abbiamo soldi...»

«Un modo lo troveremo, te lo prometto. Se sono sopravvissuto in tutti questi anni, riuscirò anche a tirarci fuori da questa situazione.»

So che il domani dovrebbe farmi paura, eppure con Aiden accanto mi sento al sicuro.

A un certo punto, lo sento tirare su con il naso. Mi giro verso di lui... sta forse piangendo? Intravedo una lacrima che gli scende lungo la guancia, una scena surreale. Ha la mascella contratta e mi lascia la mano per coprirsi gli occhi. Il suo petto si alza e si abbassa velocemente. Mi avvicino ancora di più per cercare di rassicurarlo.

«Ehi, ehi... Che succede?»

Aiden mi guarda e i suoi occhi sono rosso fuoco. «Mio... mio padre» balbetta.

Non serve che dica altro. In un gesto involontario, senza neppure pensarci, mi stringo a lui e lo bacio. Le sue labbra sono salate per via delle lacrime.

Per un secondo rimane interdetto, poi si lascia andare e ricambia il bacio. Un bacio disperato, triste, arrabbiato.

Ora capisco cosa significa "avere le farfalle nello stomaco". Anche se questi assomigliano più a un centinaio di calabroni.

Aiden si stacca per appena tre secondi, che però a me sembrano un'eternità. «Sei riuscita a togliermi il fiato, Cassiopea.» Ora non piange più.

Pochi minuti dopo mi viene un'idea e mi alzo di scatto.

«Che fai?» chiede Aiden sbadigliando.

«Facciamo il bagno!» esclamo sorridendo.

Aiden getta la testa all'indietro e scoppia a ridere. «Bella questa, ci saranno al massimo due gradi in acqua.»

In risposta, mi tolgo la canottiera e rimango in reggiseno. «Guarda che vado da sola.»

Senza staccare gli occhi dai miei, Aiden si alza e si sfila la maglietta e i pantaloni. «Bene, tocca a te.»

Accenno un sorriso e con tanta, tanta fatica mi tolgo i leggings di pelle. Aiden mi prende per mano e lentamente ci avviciniamo all'acqua.

È fottutamente ghiacciata e all'improvviso cambio idea. «E se ci sono gli squali?» chiedo esitante.

«Gli fai due grattini e vedrai come ti fanno le fusa.»

Do una spinta a Aiden, che finge di perdere l'equilibrio. «Basta, io torno indietro» dico avviandomi verso la macchina.

«No, no, cara, non ci provare nemmeno.»

Sento le sue braccia forti che mi afferrano la vita e i miei piedi si staccano da terra. Comincio a urlare e ridere allo stesso tempo, cercando di divincolarmi.

Prima di lanciarmi in acqua, Aiden mi sussurra: «L'hai voluto tu, principessa».

L'acqua è così fredda che per qualche secondo mi manca il respiro.

Aiden, che è ancora a riva, mi guarda ridendo: «Cass, ti conviene coprirti».

Ora sono completamente fradicia e… Merda, il reggiseno bagnato è diventato del tutto trasparente. Mi immergo nell'acqua fino al mento. «Tocca a te.»

«Col cazzo, grazie.»

Inarco un sopracciglio e comincio a schizzarlo a più non posso.

Un attimo dopo, Aiden sgrana gli occhi per lo stupore. Fissa qualcosa alle mie spalle ed esclama: «Cass! Cass, attenta, vedo una pinna dietro di te!».

Urlo e corro subito fuori dall'acqua.

Aiden ride talmente tanto che è costretto a sedersi per prendere fiato. «Oddio, dovevi vedere la tua faccia!»

Alzo gli occhi al cielo e mi avvicino a lui. Abbiamo entrambi i piedi in acqua.

Dopo un milione di baci, chiudo gli occhi. L'aria della sera mi accarezza la pelle, ma non sento più freddo. Appoggio la testa sul petto di Aiden e lo abbraccio.

E così ci addormentiamo.

Pieni di preoccupazioni.

Pieni di felicità.

Pieni di libertà.

17

Aiden

Quando risaliamo in macchina, sono talmente su di giri che non riesco a smettere di sorridere. Erano secoli che non mi sentivo così.

Intreccio le dita a quelle di Cass e restiamo così per un bel pezzo del viaggio. Sono felice. Così felice che, quando Cass inizia a cantare a squarciagola il pezzo che passano alla radio, mi unisco a lei per il ritornello.

Quando la canzone finisce, sento il suo stomaco brontolare. «Hai fame?» le domando.

«Da morire! Non ti è rimasto proprio niente?»

Frugo nelle tasche dei pantaloni e trovo una banconota da venti dollari. L'ultima. Questo pensiero dovrebbe farmi andare fuori di testa dall'angoscia, eppure sono incredibilmente tranquillo. «Basta chiedere, mia regina d'Etiopia…» scherzo, mentre porgo i soldi a Cass.

Me li strappa dalle dita e ride. La sua risata mi apre il cuore. «Dove ci fermiamo?» mi chiede.

«Aspetta e vedrai.» Mi accendo una sigaretta e penso a quello che sta per accadere.

Cass

Il locale ha colori molto accesi, che virano dal rosso al giallo. Non c'è tanta gente, dato che è ancora presto.

Ci sediamo a un tavolo da due, i divanetti di pelle sono confortevoli. Il menu è già sul tavolo e le foto di hamburger deliziosi e patatine coperte di salse attirano subito la mia attenzione.

«Volete ordinare da bere, intanto?»

Alzo lo sguardo e osservo il cameriere, un ragazzo di colore che avrà al massimo vent'anni. Picchietta la penna sul taccuino che tiene tra le mani.

«Per me una birra, chiara» risponde subito Aiden.

Ho un dilemma interiore, sono indecisa: acqua o Coca-Cola?

«Una 7 Up per me, grazie.» Mi sembra un ottimo compromesso.

«Perfetto, torno subito.»

Il ragazzo si allontana a passo spedito. Probabilmente non vede l'ora di finire il turno.

Aiden rimane in silenzio, sembra che stia cercando di indovinare il mio stato d'animo.

Quando il cameriere torna, posa i bicchieri sul tavolo e prende il resto dell'ordinazione.

«Io sono Chuck» dice dieci minuti dopo appoggiando i piatti con i nostri hamburger. «In caso aveste bisogno di qualcos'altro.»

Il mio panino è al formaggio, mentre quello di Aiden è con il bacon. Non hanno lo stesso aspetto delle fotografie sul menu, ma mi fanno venire l'acquolina in bocca ugualmente. Tolgo la parte superiore del panino e riempio l'hamburger di maionese, poi lo ricompongo e lo addento.

Che bomba...

«Bel tipo, quel Chuck» commenta Aiden.

«Come?» chiedo con la bocca piena.

«Ho detto, bel...»

«Sì, ho capito cos'hai detto. Ma non è un po' tardi per confessarmi di essere... insomma, dell'altra sponda? Nel caso, comunque, non ci sarebbe niente di male.»

Aiden ride talmente forte che gli sta per andare la birra di traverso. «Oddio, come farei senza le tue battute penose?»

Gli faccio una smorfia e lecco una goccia di maionese che sta per cadere sul piatto.

«Okay, facciamo una scommessa» aggiunge, posando i gomiti sul tavolo.

«Ho paura, conoscendoti. Ma va bene, ci sto.»

«Nah, lascia perdere, tanto non ci riusciresti mai.»

«Stai cercando di usare la psicologia inversa con me? Guarda che non attacca. Dimmi che cos'hai in mente e basta.»

Il sorriso malizioso di Aiden non mi tranquillizza affatto. «Se hai il coraggio di chiedere a Chuck il suo numero di telefono, ti risparmierò per un po' il mio incredibile umorismo.»

«Per questo accetterei persino di derubare il *caveau* della Banca Centrale. Va bene, ci sto.»

Mi lecco le dita per togliere le ultime tracce di salsa, le asciugo col tovagliolo e mi alzo. Cerco di dare un po' di volume ai capelli scuotendoli con una mano, ma forse ho solo peggiorato la situazione. Respiro a fondo e vado a passo sicuro verso il ragazzo dietro il bancone.

Cass, concentrati. Non puoi sbagliare.

«Chuck, giusto?» gli chiedo, attirando la sua attenzione.

Lui si apre in un sorriso, mostrando dei denti bianchissimi. «In persona. Volete ordinare qualcos'altro?»

Ignoro la domanda. «Piacere, io sono Cass.» Gli porgo la mano e lui la stringe con forza. «Allora, Chuck. Io e il mio amico al tavolo abbiamo scommesso che sarei riuscita ad avere il tuo numero.» Mentre parlo, gioco con una ciocca di capelli, arricciandoli intorno all'indice.

«E se ci riesci cosa vinci?» mi domanda.

Inarco le sopracciglia. «Oh, non posso dirtelo, mi spiace» gli sussurro.

Lui scuote la testa divertito e prende un tovagliolo. Ci scrive il suo numero e mi porge il pezzo di carta. «Comunque siete una bella coppia» mi dice sorridendo.

Lo ringrazio con un bacio sulla guancia e torno a sedermi.

Aiden non sembra sorpreso di vedermi tornare con il numero di telefono. «Ottimo lavoro, Cass. Ora puoi andare a pagare, magari Chuck ti fa uno sconto.»

Gli lancio una patatina, che lui prende al volo.

Rido e infilo il tovagliolo con il numero nella tasca dei pantaloni. Mi rendo conto solo ora che tanto non avrei nemmeno un cellulare con cui chiamarlo. «Ha detto pure che siamo una bella coppia» dico sorridendo.

Aiden mi guarda corrugando la fronte. «Cass, io...»

Il mio sorriso si spegne subito. Mi sento una stupida. Un'ingenua. Prima di scoppiare a piangere, mi alzo dal tavolo, pago in fretta e corro fuori dal locale. L'aria fredda mi toglie il respiro per un attimo.

Sento la porta dietro di me aprirsi.

«Cass, non puoi stare da sola qui fuori. È pericoloso.»

«Sai cosa c'è, Aiden?!» Mi giro verso di lui con gli occhi lucidi. Sto urlando talmente tanto che non mi riconosco, non è da me, di nuovo. «Non capisco! Non capisco che cosa cazzo ci faccio io qui! E non capisco cosa *tu* voglia da me! Prima mi baci, mi tieni per mano, e ora? Vuoi che diventiamo scopamici? Hai sbagliato ragazza, Aiden.»

Lui non parla. Si limita a guardarmi. «Saliamo in macchina» dice semplicemente.

18

Eleonor

Il cellulare squilla e quando rispondo sento una voce ormai familiare.

«Signora Harris?» È l'agente Jonas.

«Salve, detective Jonas. Ci sono notizie?»

Ogni volta che parlo con lui ho il cuore in gola, sono attanagliata da un misto di speranza e terrore.

«Sì. Abbiamo individuato un luogo dove Cass è stata da poco, ieri nel tardo pomeriggio. È alle porte di Los Angeles, un locale dove si è tenuto un concerto.»

«E come sapete che è stata lì?»

«Ci è arrivata una segnalazione dal proprietario, perché pare che nei bagni del locale ci sia stato un tentativo di aggressione...»

«Un'aggressione a mia figlia?!»

«Signora Harris, stia tranquilla, non è successo niente. Il proprietario ci ha mandato i video registrati dalle telecamere di sorveglianza. Ce n'è una proprio fuori dalle toilette, e una seconda all'esterno del locale. Si vede Cass che corre fuori dal bagno. I clienti che hanno assistito alla scena hanno riferito che ha detto: "Qualcuno voleva aggredirmi", quindi è riuscita a fuggire prima che le accadesse qualcosa.»

«Oh, Dio, meno male.»

«Signora Harris, pochi istanti dopo dal bagno è uscito Lauren Abate, le telecamere l'hanno inquadrato. Purtroppo è riuscito a dileguarsi, disperdendosi nella folla del concerto.»

«Quindi continua a seguirla... Cass è ancora in pericolo!» Una nuova ondata di panico mi assale.

«È probabile. Ma Cass non è da sola, la telecamera esterna l'ha ripresa mentre usciva dal locale insieme a Aiden Walker. Abbiamo avuto un'ulteriore conferma perché nel bagno è stata trovata la borsa di sua figlia: dentro c'erano i portafogli di entrambi, con tanto di documenti.»

«Quindi ora sono senza soldi... Come farà Cass a mangiare e a dormire?»

«Se non possono più scappare è probabile che mettano fine alla fuga. Vedrà che a breve Cass la chiamerà per dirle dove si trovano e per chiederle di andarla a prendere. Tenga sempre il cellulare vicino.»

«È sicuro? È sicuro che non farà... sciocchezze?» I singhiozzi mi scuotono il petto, all'improvviso.

«Signora Harris, Cass è una ragazza con la testa sulle spalle, lo pensano tutti. E quell'Aiden... ho la sensazione che si stia prendendo cura di lei. Non lascerà che le succeda niente di male, vedrà.»

Cass

Non pronunciamo una parola da due ore, ormai. Questo silenzio mi sta uccidendo.

Aiden prende una sigaretta e la accende.

«Me ne offri una?» gli chiedo, indicando la penultima rimasta nel pacchetto.

«No.»

Lo guardo in cagnesco e me la prendo da sola.

«Cass, smettila. E, comunque, l'accendino ce l'ho io.»

«La vita è mia, se voglio fumare lo faccio, okay?»

Aiden alza gli occhi al cielo e mi porge l'accendino, senza staccare lo sguardo dalla strada. «Tossirai e basta, Cass. Smettila con questa scenata.»

Bene, quindi è una sfida.

Gli strappo con forza l'accendino. Stringo la sigaretta tra le dita e cerco di accenderla.

Sento Aiden scoppiare a ridere. «Devi metterla tra le labbra, Cass.»

Lo fulmino con lo sguardo, ma faccio come mi dice.

Okay, ce la posso fare, mi dico prima di aspirare. *Oh, no, merda...*

Comincio a tossire, quella roba fa proprio schifo. Prendo due respiri profondi e dopo essermi asciugata le lacrime che mi sono spuntate provo di nuovo. Pian piano ci sto prendendo la mano.

«Sai perché ti trovavo affascinante?» mi chiede Aiden, serio.

Non rispondo.

«Perché mi sembravi diversa da tutte le altre ragazzine. A quanto pare, mi sbagliavo.»

Questa frase è come un pugno al cuore.

Guardo la sigaretta quasi consumata del tutto… Ma che cazzo sto facendo?

Mi sveglio di soprassalto. Aiden sta bussando al finestrino dal mio lato e mi fa cenno di scendere.

L'auto è parcheggiata alla fine di un piccolo viale che conduce a una villetta.

«Che posto è? Dove siamo?» chiedo tra gli sbadigli.

«Siamo a San Diego. E questa casa è mia. L'ho comprata insieme a Millie. Appena potevamo, venivamo a rifugiarci qui.»

«Ma non sembra disabitata… ci sono le luci accese.»

E il giardino è fiorito e ben tenuto, noto qualche istante dopo.

«Infatti. Ho affidato la casa a Kendall, la mia amica modella. Ora ci vive lei.» Aiden si guarda intorno con occhi sognanti, come se fosse appena entrato in un mondo parallelo che solo lui può vedere. È quello che succederà anche a me? Tra dieci, quindici anni, tornerò a quella che fino a pochi giorni fa è stata casa mia e osserverò tutto con… quegli occhi?

Mentre camminiamo mi sforzo di non guardare Aiden. Sembriamo due bambini di cinque anni che si tengono il muso.

Aiden suona il campanello e viene ad aprirci una ragazza che avrà più o meno la sua età. E che ragazza… È alta come minimo un metro e ottanta, fisico statuario, capelli biondi lunghi e vaporosi e un sorriso dolce ma allo stesso tempo malizioso. Indossa dei leggings neri, una canottiera e un enorme maglione di lana. È semplicemente perfetta.

Appena riconosce Aiden, i suoi occhi azzurri si illuminano. «Oddio, Walker!» gli salta quasi addosso, stringendolo forte. Lui ricambia, si vede che si vogliono molto bene. Quel gesto mi ricorda la loro passata complicità e la gelosia mi assale all'improvviso. Ma perché dovrei essere gelosa? A quanto pare, per Aiden sono solo una delle tante. Sam aveva ragione.

Invece, quando i suoi occhi si posano su di me, le spunta un piccolo sorriso. «Tu devi essere Cass. Aiden mi ha parlato di te. Venite, entrate pure. La casa è un disastro ma le camere degli ospiti per fortuna sono pronte» dice, indicando una porta in fondo al corridoio.

Mi avvicino all'orecchio di Aiden. «Quando le hai parlato di me?» sussurro.

Lui ignora la domanda e prende Kendall in braccio, facendola girare su se stessa.

Alzo gli occhi al cielo e vado a dare un'occhiata alla camera degli ospiti. Sono talmente stanca che mi basta vedere il letto per avere un tracollo fisico. Voglio solo buttarmi lì sopra e dormire per i prossimi tre giorni. Mi siedo sul materasso. È comodo, morbido, tiepido...

Oh, mio Dio, sì.

Aiden fa capolino dalla porta e si mette le mani nelle tasche posteriori dei jeans. «Ti lascio riposare. Se hai bisogno di qualcosa, sono nella stanza accanto» dice in tono piatto.

Gli faccio un cenno di assenso. Credo che se ne sia andato, ma poi vedo la sua testa spuntare di nuovo.

«Stai attenta, qualche spirito maligno o un lupo mannaro potrebbe aggirarsi per i corridoi...»

«Grazie dell'avvertimento. Ora controllo sotto il letto.»

Faccio un sorriso forzato e mi abbandono sul materasso. Non ho nemmeno la forza di spogliarmi. Mi tolgo solo gli stivali, mi copro con il piumone e le palpebre diventano subito pesanti.

Sento delle voci. Provengono dal piano di sotto. Non è la prima volta che succede, ma questa volta sembrano più… arrabbiate.

Scendo dal letto, ma il pavimento è freddo e così infilo le mie pantofole preferite, quelle con il pon-pon. Stringo il Signor Elefantino tra le braccia con tutte le mie forze, con lui non ho paura di nulla.

Mi alzo in punta di piedi per aprire la porta, e le voci diventano ancora più forti. Entro nella stanza accanto alla mia e mi avvicino al letto. Con un dito picchietto sulla spalla di Emmett.

«Ehi, svegliati.»

«Cosa c'è?»

«Penso che mamma e papà stiano litigando di nuovo. Mi accompagni sulle scale?»

Emmett si strofina le palpebre e si mette a sedere. Abbiamo gli stessi occhi verdi, ma lui è geloso perché vorrebbe anche le mie lentiggini. Gliele regalerei volentieri, se potessi.

Scende dal letto e mi prende per mano. Fa una carezza al Signor Elefantino; gli vuole bene anche lui, dato che ogni tanto glielo lascio per farlo giocare con le sue macchinine o le astronavi.

Insieme scendiamo qualche scalino e ci mettiamo a sedere nell'ombra, dove nessuno può vederci. Guardiamo le sagome dei nostri genitori che gesticolano nella luce, ma non riesco a capire cosa dicono. Ora bisbigliano.

«Cass?»

«Sì?»

Mi guardo le mani e all'improvviso mi rendo conto che non sono più una bambina, bensì la Cass di oggi, quella di diciotto anni. Mentre Emmett è sempre lo stesso bambino di allora.

«Ho paura che ti succederà qualcosa di brutto.»

«Non ti preoccupare, ci sarà Aiden a proteggermi.»

«Non l'hai ancora capito? Sei tu che hai protetto lui finora.»

Una lacrima mi riga la guancia. «Emmett… mi manchi così tanto. Ti prego, torna da me.»

«Ma io sono sempre con te.» Alza una manina e me la appoggia sul cuore. «Qui.»

Emmett e io torniamo al piano di sopra.

«Posso dormire con te un'ultima volta?» mi chiede.

«Ma certo.» Mi segue nella mia cameretta e ci addormentiamo abbracciati.

Mi sveglio completamente fradicia di sudore. Ho il respiro affannato e la bocca secca, quindi mi alzo e vado in bagno a darmi una sciacquata.

Era da tanto tempo che non sognavo Emmett, e sicuramente non mi aspettavo di rivederlo stanotte.

Torno a letto, ma ogni volta che chiudo gli occhi sento la voce del mio fratellino che sussurra: «Posso dormire con te?», e quindi dopo svariati tentativi ci rinuncio.

In punta di piedi, esco dalla camera e vado verso quella di Aiden. La porta è socchiusa; la scosto lentamente e lo vedo. Le coperte sono un fagotto in fondo al letto. Indossa solo i boxer.

Ha un viso così angelico mentre dorme…

Metto da parte tutto il mio orgoglio e mi sdraio al suo fianco. Mi sento sola e, per quanto sia arrabbiata con lui, al momento è l'unica persona di cui mi fidi. Proprio mentre mi viene voglia di abbracciarlo, i suoi occhi si aprono lentamente. Non sembra sorpreso di trovarmi qui.

«Ho fatto un incubo» dico, notando che anche la sua fronte è leggermente sudata.

Aiden si passa una mano sugli occhi e poi fissa il soffitto. Si gira verso di me e mi guarda. Accenna un piccolo sorriso che gli fa spuntare la fossetta che non vedevo da tempo.

Mi avvicino finché il mio naso non sfiora il suo e schiudo leggermente le labbra, appoggiandole sulle sue. Pian piano il bacio diventa sempre più intenso, poi lui finisce sopra di me.

Si puntella con gli avambracci sul materasso per non appoggiare tutto il suo peso su di me, ma in questo momento il mio corpo lo implora di farlo.

Per un solo, lunghissimo secondo le sue labbra si staccano dalle mie. «Cass...»

Non gli lascio il tempo di finire la frase: lo bacio di nuovo e gli graffio con delicatezza la schiena. Con lui non mi vergogno di niente, so di potermi fidare ciecamente.

«Cass, se continui così non mi fermerò, lo sai.»

«Non voglio che tu ti fermi, Aiden.» Sento una specie di fuoco che cresce dentro di me. Il mio corpo non ha mai desiderato nulla come desidera Aiden in questo momento.

«Dici così perché sei ancora sconvolta, ieri...»

Gli infilo le dita tra i capelli e li tiro appena.

«Okay, al diavolo i buoni propositi.» Aiden mi bacia come non ha mai fatto prima, come se anche lui avesse bisogno di me. Mi toglie la canottiera e i pantaloni, e tutto va esattamente come l'ho sempre immaginato. Tranne per il fatto che nessuno mi aveva mai detto quanto facesse dannatamente male. Le lacrime mi rigano il viso.

Aiden mi prende il viso tra le mani, corrugando la fronte. «Cass, tutto bene? Ho fatto qualcosa che non...» Esita, sembra capire all'improvviso. «Non mi dire che sei...»

Le mie guance vanno a fuoco e lui non ha bisogno di terminare la domanda.

Sorride e mi accarezza con delicatezza i capelli. «Se vuoi che mi fermi, basta che me lo dici. Non lo sapevo…»

«No. Aiden. Mi fido di te.»

Tra dolore, risate e infine piacere, cadiamo stremati l'una di fianco all'altro, in un sonno profondo, finalmente senza incubi.

Il letto sfatto,
i vestiti ovunque.
Capelli scompigliati.
Il cuore a mille.
Il giorno che prende forma.
Un'alchimia perfetta,
per un bacio
che non sa di fretta.
Il tuo profumo,
che si mischia al mio,
i miei morsi,
sul tuo collo.

Eleonor

«Pronto, signora Harris? Forse sappiamo dove sono Cass e Aiden. È un'ipotesi ancora da verificare, ma ci sono buone probabilità che sia un'informazione attendibile.»

«Mi dica, detective.»

«Abbiamo appena parlato con Timothy Perkins, il fratello di Luke, il migliore amico di Aiden Walker. Ci ha riferito che suo fratello è sparito, ma che ha lasciato un biglietto in cui dice che Aiden e Cass potrebbero essersi diretti a San Diego, dove il ragazzo possiede una casa. Ci andava in passato, quando aveva bisogno di fuggire da tutto. Il loro itinerario lascia presagire che quella potrebbe proprio essere la loro meta.»

«Bene! Ma perché Luke non l'ha detto subito? Ci ha fatto perdere tempo prezioso!»

Sono allo stesso tempo sollevata e furiosa. Prego solo che non sia troppo tardi.

Il detective Jonas sospira. «Ecco, la cattiva notizia è che Luke ha fornito la stessa informazione anche a Lauren Abate, sotto minaccia. Pare che sia stato costretto a dirglielo. I metodi di quella gente possono essere, be'… molto persuasivi. Luke probabilmente ha lasciato la città e non credo che lo rivedremo, ma prima ha voluto avvertirci. Ora dobbiamo trovare Cass e Aiden prima che lo faccia Lauren. Stiamo partendo adesso da Los Angeles.»

«Detective Jonas, prendo il primo volo per San Diego. Ci vediamo là.»

LA RESA DEI CONTI

19

Cass

Quando mi sveglio, Aiden è sdraiato al mio fianco e mi osserva.

Il suo è uno sguardo innocente e malizioso. Sembra un ragazzino di diciassette anni, con i capelli spettinati, il petto nudo e le braccia ricoperte dai tatuaggi.

Sto per dire qualcosa, ma lui mi zittisce posandomi un dito sulle labbra.

«Volevo dirti che mi piace stare qui, sdraiato, a guardarti. Mi piace notare quei piccoli particolari che, sono sicuro, nessuno ha mai notato. Come la voglia marrone che hai dietro l'orecchio...» dice, spostandomi una ciocca di capelli per scoprire il punto a cui si riferisce. «... Oppure il colore esatto dei tuoi occhi. Sai, a prima vista potrebbero sembrare verdi, ma a volte diventano più chiari, quasi azzurri, in base alla luce o al tempo. Mi piace il modo in cui le tue labbra si incurvano in un piccolo sorriso quando faccio le battute che dici di non sopportare. Mi piace il modo in cui apri gli occhi appena sveglia. Amo il tuo carattere, il tuo aspetto, ma, soprattutto, il tuo sorriso. Desidero che tu sia felice, Cass, anche se so che con me non sarà mai possibile.»

Sto per chiedergli che cosa intende, ma lui mi prende per i fianchi e mi fa rotolare sul materasso fino a che il suo corpo non torna di nuovo sopra il mio. Inizia a baciarmi, però si interrompe dopo un secondo.

«Aspetta, voglio farti vedere una cosa...»

Si mette a sedere e mi indica un punto proprio sotto il braccio, sulle costole. C'è una frase tatuata.

Fly me to the moon

I miei occhi si riempiono di lacrime. «È quello che ti sei fatto subito dopo di me?»

«Già, la tua mezza luna mi ha ispirato. So che questa storia finirà. Ma, nel bene o nel male, è un'esperienza che porterò con me per tutta la vita.»

Passo le dita sul tatuaggio, delicatamente.

Non riesco ancora a crederci. Aiden Walker, lo stronzo narcisista, egoista e donnaiolo mi ha dedicato non solo delle parole bellissime, ma persino un tatuaggio? Lo bacio con trasporto.

«Non avrei mai immaginato che dentro di te, proprio in fondo, fosse sepolto un lato così dolce» gli dico, prendendolo in giro.

«Dillo a qualcuno e ti uccido» sussurra, dandomi un leggero bacio sulla punta del naso. Poi si fa improvvisamente serio e mi guarda negli occhi. «Ti va di raccontarmi dell'incubo che hai fatto? Parlarne fa bene, lo sai.»

Mi giro a pancia in su, coprendo il mio corpo nudo con il lenzuolo. «Più che un incubo, è stato un ricordo. Avevo un fratello. Gemello, per essere precisi. Si chiamava Emmett, era il bambino più dolce e buono che esistesse. Un giorno non sono andata a scuola perché avevo la febbre, così per la prima volta è tornato a casa a piedi da solo. Una moto l'ha investito. Aveva solo dieci anni...»

Comincio a piangere senza nemmeno rendermene conto.

Aiden si avvicina e bacia ogni lacrima che mi scende dagli occhi, fino a che non smetto di piangere. Mi accarezza i capelli e comincia a sussurrarmi una canzone:

«*I hope I'll see you tomorrow*
I see you everywhere that I go
Yeah, I try but I can't seem to let go
I keep it honest no lies, yeah
You swear you'll never ever change, yeah
I need another night, no, I don't wanna lose you...».

Mi riaddormento così, con la testa appoggiata sul suo petto, la sua voce che echeggia nel mio orecchio.

Quando apro gli occhi, Aiden dorme ancora. Mi infilo la sua maglietta bianca e mi alzo dal letto.

Penso di non essermi mai sentita così bene, in forma e felice come in questo momento. Nulla ha più importanza, ci siamo solo io e Aiden. Anche se il rimorso per non aver detto addio alla mamma comincia a farsi strada nel mio petto, dato che, a questo punto, non so se tornerò mai più a casa. Mi sembra tutto così assurdo e diverso dalla vita che conducevo prima...

Apro la porta, che scricchiola leggermente, e mi ritrovo nel corridoio. Scendo le maestose scale a piedi nudi e vedo Kendall che cammina per la casa con una rivista in mano. Indossa una tuta porpora e ha i capelli piastrati.

Appena mi vede, mi rivolge un sorriso: «Buongiorno, bella! Stavo giusto per mangiare qualcosa, ti vuoi unire?».

«Sì, mi piacerebbe, se mi aspetti vado a rendermi più presentabile…» Mi sono appena resa conto di avere addosso solo una misera maglietta bianca, anche se la cosa non sembra disturbarla affatto.

«Certo, fai con comodo. Io vado un attimo in giardino a raccogliere delle arance, se non ricordo male Aiden adora le spremute.» Appoggia la rivista su uno sgabello e si dirige verso l'ingresso.

Torno di corsa al piano di sopra, nella stanza dove dorme Aiden. Anzi, dove dormiva: ora è in piedi, girato di spalle, nudo, che guarda fuori dalla finestra. Anche se l'unica cosa da vedere è un enorme pino che oscura tutta la visuale. Il suo corpo perfetto mi lascia senza fiato.

«Dov'eri?» mi chiede senza voltarsi.

«Di sotto… Kendall è uscita a prenderti delle arance per la spremuta.»

Posso ricominciare a respirare e mi siedo sul letto per infilarmi i pantaloni.

Aiden dal bagno mi grida: «Aspettami, ci metto due minuti».

Sorrido e mi sdraio a pancia in su, tamburellando le dita sulle lenzuola. Profumano di lui…

Poco dopo esce dalla doccia: ha i capelli bagnati ma indossa una tuta, anche se ha la zip della felpa aperta sul petto nudo.

Mi bacia rapidamente sulle labbra e poi usciamo insieme dalla stanza.

Scendiamo le scale ed entriamo in cucina. La troviamo deserta.

«Non mi avevi detto che stava preparando una spremuta?»

«Sì, era uscita un attimo in giardino… ormai dovrebbe essere già tornata.»

«Kendall!» la chiama Aiden.

L'eco rimbomba per l'intera casa, senza portarci nessuna risposta.

«Vado a cercarla fuori.»

«Aspetta, ti accompagno…»

Non faccio in tempo a finire la frase che Aiden è già sulla porta. Afferro la giacca che avevo appoggiato sullo schienale di una sedia ed esco.

Lo spettacolo che mi trovo di fronte mi gela il sangue nelle vene. Non riesco a credere ai miei occhi. In fondo agli scalini di marmo del vialetto, due uomini tengono stretta Kendall, tappandole la bocca. Lei cerca di divincolarsi, ma gli uomini sono molto più forti.

Aiden è davanti a me, i suoi muscoli sono tesi, le mani chiuse a pugno. Il suo sguardo, però, è fisso su una persona.

Lauren.

«Oh, anche la principessina ci degna della sua presenza nel nostro piccolo presepe!» dice, fissandomi negli occhi con il suo maledetto sorriso.

Sento la furia di Aiden montare, vedo i suoi pugni stringersi sempre di più. Ma non dice una parola.

Solo adesso mi accorgo che Lauren impugna una pistola. E la punta su Aiden.

«Eccoci alla resa dei conti» continua lui, rivolgendosi a Aiden. «Avremmo potuto risparmiare tempo ed evitarci un sacco di problemi, se avessi fatto come ti avevo chiesto. Invece, hai voluto fare di testa tua.»

Non ci sto capendo niente.

«Aiden, di che parla?» gli chiedo.

«Doveva solo togliersi di mezzo e non immischiarsi» aggiunge Lauren.

«Immischiarsi in cosa? Aiden, mi avevi detto che ti eri dovuto nascondere perché avevi sentito qualcosa che non avresti dovuto...»

Aiden continua a fissare la pistola di Lauren e non mi risponde. Perché fa così?

«Aiden!» ripeto, in lacrime.

«Infatti è così.» Si volta verso di me e mi guarda negli occhi con un'intensità che quasi non riesco a sopportare. «Ho sentito quel porco dire che dovevi essere sua, a tutti i costi. Non potevo permetterlo, Cass...»

Sbarro gli occhi, incredula. È tutto troppo assurdo per essere vero.

«Oh, povera, piccola Cass... Che scena strappalacrime!» ride Lauren.

«Come hai fatto a sapere dove eravamo?» gli domanda Aiden a bruciapelo.

In effetti, non lo abbiamo detto a nessuno. Neppure io lo sapevo...

«Questo è l'ultimo colpo di scena... sei pronto a scoprirlo?» lo incalza Lauren, avvicinandosi. Non aspetta la risposta e prosegue: «Qualcuno ti ha tradito, caro Aiden. Qualcuno a cui tu, invece, sei sempre stato fedele».

«Non fare giochetti. Dillo e basta» sibila Aiden.

«Il tuo più caro amico.»

«Chi? Luke? È impossibile…» Aiden scuote la testa, come a rifiutare anche la sola idea. Ma nei suoi occhi lucidi leggo che è la verità, che Luke era l'unica persona ad avere quell'informazione.

«Sei un maledetto!» grida Aiden, lanciandosi d'impulso verso Lauren.

La pistola gli sfugge di mano.

E poi tutto accade in un batter d'occhio.

Lauren riesce a respingere l'attacco di Aiden e lo atterra. Mentre cerca di recuperare la pistola, io lo precedo e la afferro, puntandogliela contro.

I due uomini che tengono Kendall impugnano le loro armi e lei ne approfitta per morderli e colpirli.

Sento delle sirene in lontananza, deve essere la polizia che sta arrivando.

Sono girata di spalle, concentrata su Aiden e Lauren.

La fronte madida di sudore.

Le gambe che stanno per cedere.

Il fiatone.

La gola arida.

Il cuore che batte all'impazzata.

Le labbra secche.

Le mie mani. Le mani che hanno tenuto quelle di lui con sicurezza ora tremano mentre impugnano una pistola.

La pistola.

Le nocche sono bianche da quanto è stretta la presa.

Lauren sta picchiando Aiden a morte.
Devo farlo smettere.

Bang!

Vorrei urlare, ma il fiato mi si è spezzato in gola.

Il rinculo è stato talmente forte che ho rischiato di slogarmi la spalla. Ma, ormai, non ha più importanza.

Sento che sto per svenire. Per crollare.
L'adrenalina sta abbandonando il mio corpo.

Chiudo gli occhi.
Qualcuno pronuncia il mio nome, non so a chi appartenga questa voce… mi ricorda quella di mia madre.
Lei non dovrebbe essere qui.
Io non dovrei essere qui.

Lauren guarda il sangue sulle sue mani come ipnotizzato, quindi i suoi occhi si posano su di me. La sua espressione è sorpresa, poi allarmata… infine leggo il panico sul suo viso.

Non capisco cosa ci sia dietro di me che lo spaventa così tanto, ma, mentre mi giro per controllare, sento qualcosa di ghiacciato colpirmi il fianco.

Fa maledettamente male.

Cado sul marmo freddo.

Tutto diventa sfocato.

Una donna si avvicina a me, qualcuno urla, c'è del sangue… tantissimo sangue.

E poi, più nulla.

Io, Cass Harris, ho appena sparato all'amore della mia vita.
E qualcuno ha sparato a me.

20

Apro gli occhi.

La prima cosa che vedo è il cielo azzurro; non c'è nemmeno una nuvola.

Mi metto lentamente a sedere, rendendomi conto che mi trovo in un campo di girasoli, i miei fiori preferiti, e che indosso un vestito bianco di seta, una specie di camicia da notte.

Sento una voce. Un accento inglese inconfondibile.

È Aiden!

Mi alzo in piedi e mi guardo intorno, cercandolo ovunque. Finché lo vedo: è bellissimo e mi sta correndo incontro, con un completo tutto bianco.

Sembra un angelo. Il *mio* angelo.

Corro verso di lui anche io e, quando finalmente ci sono solo pochi centimetri a separarci, gli salto in braccio, mettendo le gambe intorno alla sua vita.

Ci baciamo. È il bacio più bello e profondo che ci siamo mai dati.

Poi però lui perde l'equilibrio e cadiamo; per fortuna ci sono i fiori ad attutire il tutto.

Con l'indice gli sfioro gli zigomi, le labbra, la fossetta...

«Saresti dovuta rimanere a casa, quella mattina, invece di venire in palestra. Se l'avessi fatto, niente di tutto questo sarebbe successo...»

«Ma io ho capito di amarti fin da subito, fin dall'istante in cui mi hai guardata in quel locale, quando mi hai baciata il collo.»

«Come fai a sapere che sono stato io? Mi hai visto?»

«No, ma in fondo l'ho sempre saputo.»

«Devi tornare, Cass. Il tuo momento non è ancora arrivato.»

«Tornare dove, Aiden?»

Lui mi indica il cielo, che pian piano diventa sempre più grigio.

All'improvviso, la consapevolezza mi soffoca. «Ma non ha senso tornare a casa se tu... se tu non ci sei.»

Aiden mi zittisce con un bacio e mi mette una ciocca di capelli dietro l'orecchio. «Ti prometto che qualsiasi cosa accadrà, io mi prenderò sempre cura di te.»

«Ti aspetterò, Aiden, è una promessa.»

Lui avvicina le labbra al mio orecchio e sussurra: «Sei riuscita a togliermi il fiato, Cassiopea».

La sua immagine sbiadisce.

«Aiden... Aiden, aspetta, ti prego!»

Il suo abito si colora di rosso.

Mi guardo le mani, sono piene di sangue.

Urlo.

Mi sveglio.

È tutto finito.

Epilogo

8 anni dopo

Cass corre da una parte all'altra della casa.

Ogni tanto rischia di inciampare in qualche giocattolo o in uno dei pupazzi abbandonati sul pavimento.

Per la maggior parte si tratta di dinosauri o camion dei pompieri.

La sua vita è un susseguirsi di impegni: portare il bambino a scuola, alle partite di calcio, al parco, a casa degli amichetti… E, quando riesce, cercare un lavoro a tempo pieno.

Nonostante suo marito guadagni uno stipendio che basterebbe a mantenere tutta la famiglia, le piace sentirsi indipendente.

La voce squillante del piccolo risuona nel salotto: «Mamma!».

«Sì, tesoro, arrivo.»

Cass si lava le mani e va a sedersi sul divano, accanto a suo figlio. Gli accarezza la testolina piena di capelli neri. I suoi occhi grandi e azzurri la guardano adoranti.

«Mamma, posso chiederti una cosa?»

Cass annuisce. Il piccolo si accoccola sulle sue gambe. È incredibile che abbia già compiuto sette anni…

«Oggi in classe la maestra ci ha chiesto di scrivere un tema sui nostri genitori, e ha detto che devo parlare anche di papà. E insomma…»

«Vuoi che ti racconti come ci siamo conosciuti io e il tuo papà?»

«Sì.»

Cass sussulta. Sapeva che quel giorno prima o poi sarebbe arrivato. «E va bene, direi che sei abbastanza grande.»

Il bambino esulta, prende il suo pupazzo preferito e lo stringe forte a sé.

«Allora… Iniziò tutto otto anni fa, più o meno.»

Senza quasi accorgersene, Cass gli racconta ogni cosa.

Un flusso di parole, emozioni e ricordi che iniziano da quello strano incontro al locale e arrivano alla fatidica mattina in cui è partito quel maledetto proiettile. E poi racconta anche di come si era risvegliata una settimana dopo, in ospedale. La pallottola le era penetrata nel fianco, ma senza danneggiare nessun organo vitale. Quando aveva riaperto gli occhi, la madre le aveva raccontato che era stato uno degli uomini di Lauren a spararle, perché credeva che lei avesse colpito il suo capo.

«Invece avevi colpito papà…» mormora suo figlio.

«Già» conferma Cass, in un soffio. Le lacrime cominciano a rigarle le guance. Sono emozioni intense e dolorose come il primo giorno.

In quell'istante sentono il rumore di una chiave che gira nella serratura di casa. Il bambino si precipita verso la porta, mentre Cass si asciuga le lacrime. Quando lui entra, capisce tutto con un solo sguardo.

«Tim!» esclama il bambino.

«Ecco qui il mio campione!» esclama lui prendendolo in braccio e facendolo volare. «Com'è andata la mattinata?» domanda al piccolo.

«Bene, io e la mamma stavamo parlando.»

Lui sorride. «Ti ha raccontato come ci siamo conosciuti noi due?» chiede al bambino, mentre guarda Cass con un sorriso.

Lei sa che si riferisce all'intera storia. È incredibile quanto Tim sia dolce. Se non fosse stato per lui, che le faceva visita tutti i giorni con un mazzo di girasoli e l'aveva aiutata a uscire dalla depressione, non sa come avrebbe fatto.

Aiden era stato il ragazzo che le aveva fatto capire chi fosse. Tim, il ragazzo che l'aveva salvata da un abisso senza fondo. E che poi era diventato suo marito.

Tim guarda Cass con una tenerezza infinita, accarezza la testa del bambino e poi va al piano di sopra, fingendo di dover rispondere a una telefonata. Sa che quel momento appartiene solo a loro. A Cass e a suo figlio.

Lei abbraccia il piccolo, stringendolo forte a sé. E poi riprende a parlare. È ora che suo figlio conosca la storia per intero.

«Papà purtroppo non ce l'ha fatta. Ed è colpa mia se ora non è qui con noi. Mi dispiace, Aiden… mi dispiace così tanto.»

Il bimbo le si avvicina per asciugarle le lacrime. È talmente dolce che Cass non può fare a meno di sorridergli. «Però ti assicuro che il tuo papà non è mai morto per davvero. Una piccola parte di lui vive proprio dentro di te. Ogni volta che ti guardo non posso fare a meno di pensare a lui. Gli assomigli tantissimo… Sei il suo regalo per me, e ti crescerò proprio come lui avrebbe voluto.»

«Hai una sua foto?»

Cass si alza e raggiunge la piccola libreria del salotto. Prende il suo libro preferito, quello che ha letto e riletto un milione di volte, e apre la pagina dove c'è un segnalibro. Ma non si tratta di un segnalibro comune. È una Polaroid, la foto che aveva scattato a Aiden nel deserto. Con le mani tremanti, la porge al figlio. «È l'unico ricordo che ho di lui.»

Aiden si commuove guardando per la prima volta il viso del padre. Poi abbraccia sua madre e la tiene stretta.

A volte, prima di addormentarsi, Cass si domanda che cosa sarebbe successo se non avesse mai premuto quel grilletto.

Prova a immaginare la faccia di Aiden alla notizia che era incinta, o sull'altare, il giorno del loro matrimonio. Tante cose sarebbero state diverse.

E, invece, l'ultima immagine che ha di lui è il momento in cui si è accasciato sul vialetto di marmo, il suo ultimo sguardo, il suo ultimo respiro.

Non importa quanti anni passeranno o se il ricordo della sua voce e dei suoi tatuaggi pian piano sbiadirà nella sua memoria.

Non troveranno mai
una loro foto,
nessuno saprà che si sono amati,
toccati,
tenuti,
due corpi che si sono cercati
nel buio della notte.

Se un giorno qualcuno dirà:
"Li ho visti amarsi",
avrà visto solo due ombre.
Loro non hanno mai passeggiato.
Loro sono stati il cielo,
le stelle.
Ora esistono dietro gli angoli
dei loro cuori.

Ringraziamenti

Vorrei innanzitutto ringraziare la mia editor Maria Francesca Gagliardi, che in tutti questi mesi mi ha affiancata e si è appassionata alla storia di questo romanzo quanto me.

Poi, un enorme grazie va alla casa editrice, la Fabbri Editori; tra le donne fantastiche che ne fanno parte e che mi hanno sostenuto ci sono Roberta Ferrari, Claudia Facchinetti e Roberta Famà, che sono state essenziali alla realizzazione di questo progetto.

Senza Paolo Raeli, la copertina di questo libro non sarebbe stata la stessa. Sono anni che sogno che sia proprio Paolo a scattare la foto, e quando ha accettato è stata un'enorme sorpresa per me!

Grazie a Raffaele Capuano, il ragazzo che vedete insieme a me in copertina.

E, infine, vorrei ringraziare A., il ragazzo che mi ha spezzato il cuore mesi e mesi fa, ma senza il quale non avrei mai avuto l'ispirazione per scrivere questo libro.

Per ultimo ma forse più importante, vorrei ringraziare Matteo M.B. per aver preso quello che restava del mio cuore frantumato e averlo rimesso insieme, pezzo dopo pezzo. Grazie a lui ho capito cosa significhi veramente amare qualcuno.

A presto e alla prossima avventura insieme.

Eleonora

Indice

Finito di stampare nel mese di maggio 2019
presso Grafica Veneta S.p.A. – Trebaseleghe (PD)

Printed in Italy